LES MILLE

ET UN

QUART-D'HEURE.

CONTES TARTARES.

TOME TROISIÈME.

LES MILLE

ET UN

QUART-D'HEURE.

CONTES TARTARES.

Ornés de Figures en
Taille - Douce.

TOME TROISIE'ME.

A PARIS,

Chez ANDRE' MORIN, ruë Saint
Jacques, au-deſſus de la Fontaine de
Saint Severin, à Saint André.

M. DCC. XXX.

Avec Approbation & Privilege du Roi.

LES MILLE
ET UN
QUART D'HEURE.
CONTES TARTARES.

XC.

QUART D'HEURE.

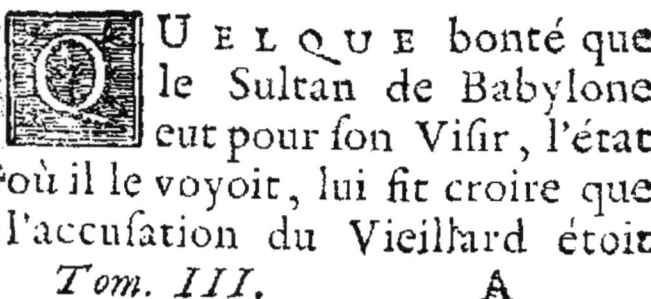 U E L Q U E bonté que
le Sultan de Babylone
eut pour son Visir, l'état
où il le voyoit, lui fit croire que
l'accusation du Vieillard étoit

Tom. III.   **A**

véritable. Il voulut s'en éclaircir par lui-même ; & ayant con-
fronté fon cachet avec les em-
preintes qui avoient été faites
fur le corps du Vifir, il ne fut
pas plûtôt convaincu de fon crime, qu'entrant dans une fureur
extrême, il alloit lui couper la
tête, lorfque le faux Vieillard lui
retenant le bras, reprit fa forme
naturelle, & fe fit connoître pour
le Prince Bagdedin.

Si le Sultan avoit été étonné
du procedé du vieillard, on peut
s'imaginer quelle fut fa confufion en le voyant difparoître à
fes yeux, & en voyant fon fils à
fa place : Seigneur, lui dit alors
le Prince : Perfuadé que vous devez être de mon innocence, &
du crime de mes ennemis, j'ofe
me prefenter devant vôtre augufte face ; mais quoique le Vifir & la Sultanne méritent la

mort, permettezque mon retour en ces lieux ne foit point
marqué par l'effufion de leur
fang : je leur pardonne l'impof-
ture qui a penfé me coûter la vie,
& je fupplie vôtre Majefté de ne
les punir qu'en les uniffant enfemble, & les obligeant d'y vivre
éternellement. Cette union for-
cée entre deux perfonnes d'un
caractere fi odieux, leur fera
un fupplice plus cruel que la mort
même. Le grand Prophete qui
par une protection toute particuliere m'a prefervé des perils où
me jettoit vôtre indignation,
m'a (fans doute par la voye d'un
fimple Païfan) communiqué des
fecrets merveilleux, qui mettent
vos jours & les miens en fûreté
contre la malice de vos ennemis.
Vôtre Majefté qui vient d'en juger par la figure du Vieillard que
j'avois il n'y a que quelques mo-

A ij

mens, sçaura qu'un génie bien-
faisant à qui rien n'est impossible,
a dirigé toutes mes actions; c'est
lui qui m'a appris que le Visir
avoit été élevé comme Esclave
dans la maison d'un Arabe nommé Arety, dont j'avois pris la ressemblance ; qu'ayant abusé des
bontés de son Maître, & trahi
son honneur en corrompant sa
femme, & méditant de l'empoi-
sonner, il s'étoit sauvé de chez
lui pour éviter sa juste colere,
& qu'ensuite par differens moïens
il avoit eu le bonheur de parvenir au suprême degré de vôtre
faveur : alors Bagdedin raconta
au Sultan son pere de quelle maniere il avoit laissé le Visir pour
mort dans les jardins du Serail;
le rôle de vieille qu'il avoit joüé
auprès de lui, & la menace qu'il
lui avoit faite en lui imprimant
son cachet.

Le Vifir qui étoit revenu de
fon évanoüiffement, étoit plus
pâle qu'un criminel que l'on conduit au fupplice. Il n'avoit pas la
hardieffe de nier aucun des faits
avancés & prouvés par le Prince;
il attendoit fon Arreft le vifage
profterné contre terre, lorfque
Bagdedin interceda de nouveau
pour lui & pour la Sultanne.
Rendez, Seigneur, ce jour re-
marquable, dit-il au Sultan, par
un acte de clemence envers ces
miferables, ils font indignes de
vôtre colere, & je vous demande leur vie, comme une grace
que je ferois inconfolable de ne
point obtenir.

Le Sultan de Babylone furpris de la generofité de fon fils,
calma l'extrême colere qui étoit
peinte fur fon vifage : Prince, lui
dit-il, fi digne de monter un
jour fur le Trône, je loüe vôtre

vertu, & j'approuve vôtre con-
feil ; j'abandonne cet infidele Vifir & l'ingrate Kourma à leurs
mauvaifes inclinations, & je leur
donne une vie qui leur devien-
dra bien tôt à charge, perfuadé
que ces deux miferables ne feront pas plûtôt obligez de fe
regarder comme mari & femme, qu'ennuyés des liens qu'ils
ne pourront point rompre fous
peine de la vie, ils fouffriront
plus que fi je leur failois fubir la
mort qu'ils meritent.

Alors, Seigneur, pourfuivit
Ben-Eridoün, Kourma ayant été
appellée ; après des reproches
fanglants de la part du Sultan,
il la fit marier au Vifir par le
Moufti, & les chaffa enfuite l'un
& l'autre de Babylone avec in-
dignité.

Pour Bagdedin, le Sultan le
déclara autentiquement fon Suc-

ceſſeur après avoir renvoyé à
Kourma tous les enfans qu'elle
avoir eu dans le Serail : & le jeune Prince, après la mort de ſon
pere, regna avec toute ſorte de
bonheur & de tranquillité.

Cette Hiſtoire eſt particuliere,
dit Schems-Eddin : les vengean-
ces y ſont bien menagées, & je
ne doute point que le perfide Viſir & l'infidelle Kourma n'ayent
bien-tôt trouvé leur ſupplice dans
leur union ; cela peut-être, Seigneur, reprit Ben-Eridoün. J'i-
gnore la ſuite de leurs avantures ; l'Auteur chez lequel j'ai
puiſé cette Hiſtoire, n'en dit mot,
& ſe contente de les abandonner à leur mauvais deſtin ; mais
j'en ſçai une autre aſſez plaiſante, où la tendreſſe de trois maris eſt des plus remarquables : ſi
Vôtre Majeſté le ſouhaite, je
vais la lui raconter. Je t'écoute.

rai avec beaucoup de satisfaction,
dit le Roi d'Astracan.

Alors Ben-Eridoün parla en
en ces termes.

HISTOIRE

D'Alcouz, de Taher, & du Meûnier.

Deux jeunes Marchands de Bagdad étoient depuis leur enfance tellement unis d'amitié, qu'ils étoient inséparables : On ne parloit que de l'union d'Alcouz & de Taher ; & comme ils n'avoient ni pere ni mere, & qu'ils étoient leurs maîtres, ils résolurent, pour s'attacher encore plus fortement l'un à l'autre, de faire entr'eux une société de marchandises, dans laquelle en moins de trois ans ils firent de très-grands profits.

Taher caufant un foir avec Alcouz qu'il voyoit rêveur : Que manque-t-il à vôtre bonheur, mon cher frere, lui dit-il, (car l'étroite amitié qui regnoit en-tr'eux ne leur permettoit gueres de fe fervir d'un autre nom) nos fonds font augmentés du qua-druple, nos Magazins font rem-plis des plus belles marchandi-fes, & cependant depuis quel-ques jours je m'apperçois que le chagrin vous domine, & que vous ne cherchés que la folitude ; ne fuis-je donc plus digne d'entrer dans vos fecrets? Ah, mon cher Taher, répliqua Alcouz en l'em-braffant, je ne puis fans rou-gir vous avoüer ma foibleffe, je me la veux cacher à moi-même ; mais je fens qu'elle a pris trop d'empire fur mon cœur, & que je n'en fuis plus le maître. Connoiffez-vous Beh-

Ioul * le Barbier qui demeure au
bout du Pont de Bagdad? Oüi, reprit Taher, il est encore plus connu par la réputation que sa fille
a d'être la plus belle personne de
Bagdad , que par les reparties
vives & promptes qui l'ont fait
ainsi surnommer ; & je commence en vous voyant soupirer , à
croire que vous n'avez pas été
insensible aux charmes de cette
adorable fille : Vous devinés juste , répondit Alcouz , en rou-
gissant , j'aime la belle Lira ;
mais je l'aime avec tant de passion, que je perdray l'esprit si je
n'en deviens possesseur: Je crois
ne lui estre pas indifferent par
quelques conversations que j'ai
eu avec elle, & je balançois à
vous parler de mon amour, dans
la crainte que cette nouvelle n'al-

* Behloul en Arabe signifie railleur.

tera vôtre amitié pour moi. Je
fçai, répliqua Taher, que l'on
perd plus de la moitié d'un ami,
lorſqu'il ſe marie ; mais, mon
cher Alcouz , je prefere vôtre
ſatisfaction à la mienne, & je
vais de ce pas travailler à vôtre
bonheur ; ma mere, comme vous
ſçavez , a eu l'honneur de donner la mamelle à Giaffar * premier Viſir du grand Haroün
Arreſchid Souverain Commandeur des Croyans, pendant une
maladie qui mit la mere de ce
Barmecide hors d'état de l'alai-
ter ; je vais interpoſer ſon autorité auprès de Belhoul , & je ſuis
ſûr que la belle Lira ne vous ſera pas refuſée.

* Giaffar étoit fils de Jachy , & petit
fils de Kaled qui deſcendoit de Barmac,
dont ils ont porté le nom de Barmecide,
Jachy & trois de ſes enfans furent Viſirs
en même temps ſous Haroün Arreſchid,
il ſe repoſoit ſur eux du Gouvernement de

ſes Etats, & Giaffar avoit avec juſtice joüi
pendant dix-ſept ans de la ſuprême faveur, lorſqu'il eut le malheur de s'attirer toute la colere
du Caliphe qui le fit mourir ; en voici la raiſon.
Haroün Arreſchid avoit une ſœur parfaitement
belle, nommée Guebaze, dont il étoit paſſion-
nément amoureux : pour avoir occaſion de la
voir plus ſouvent, il la maria avec Giaffar ſon
Favori, mais il lui deffendit en même temps
d'avoir commerce avec cette Princeſſe. Giaffar
obéit quelque temps, mais il n'eut pas aſſez de
vertu pour executer toûjours cette dure condition. Il eut un fils de Guebaze qu'il envoya nourrir à la Meque, & le Caliphe en étant
informé, en entra en ſi grande fureur contre
ce Viſir, qu'il fit jetter Jachy & tous ſes enfans dans une obſcure Priſon, où il les fit mourir ignominieuſement. Il en eut enſuite tant
de regret, que pour éloigner de ſon eſprit l'i-
dée de l'injuſtice qu'il venoit de commettre,
il deffendit ſous peine de la vie, qu'on parlât
jamais des Barmecides ; mais on n'executa pas
ſes volontés. Tous les beaux eſprits de ſa Cour
écrivirent à la louange de ſes Miniſtres inte-
gres, & ont conſervé dans leurs écrits le ſouvenir de ces grands hommes.

XCI.

QUART D'HEURE.

ALcouz embrassa tendre-
ment son ami, il le con-
jura de ne point perdre de tems,
& Giaffar s'étant mêlé de cette
affaire, Belhoul accorda bien-
tôt Lira aux tendres empresse-
mens d'Alcouz.

Ces deux époux s'aimoient
avec une tendresse sans égale ;
la possession n'éteignit point leurs
ardeurs, & ils se donnoient des
marques si vives & si frequentes
d'un amour parfait en presence
même de Taher, qu'il ne put
voir le bonheur de son ami sans
envie. Les innocentes caresses
qu'il recevoit souvent de Lira

l'enflammerent à un tel point, que pour n'eſtre point infidele à Alcouz, il reſolut de s'éloigner de ces heureux époux. Il executa pendant quelques jours cette reſolution ſous differens prétextes ; mais quelque force qu'il prit ſur lui-même, il ne put ſoûtenir long-temps cette entrepriſe, la violence qu'il ſe fit pour étouffer ſon amour, le fit ſuccomber, il tomba dangereuſement malade.

Alcouz & Lira ne quittoient point le chevet du lit de Taher ; mais loin de contribuer par-là à ſa gueriſon, ils ne firent qu'augmenter ſon mal qui parvint à un excès que les plus habiles Medecins de Bagdad deſeſpererent de ſa vie ; Alcouz & Lira fondoient en larmes voyant Taher prêt à mourir. Cependant ſa jeuneſſe & la force de ſon tem-

perament le tirerent de péril,
& il ne lui resta bien-tôt plus de
sa maladie qu'une extrême lan-
gueur.

La societé de marchandise sub-
sistoit toujours entre ces deux
parfaits amis, & leurs affaires demandant que l'un d'eux fit un
voyage au grand Caire. Comme
Taher n'étoit pas en état d'en
suporter les fatigues, Alcouz resolut de l'entreprendre ; après
avoir preparé tout ce qu'il lui
falloit pour ce voyage , il prit
congé de Taher, lui recomman-
da sa chere Lira qu'il embrassoit
tendrement les yeux baignés de
larmes , & partit enfin pour Balsora , où il monta un Vaisseau
qui alloit au Caire.

Taher loin de suivre les intentions de son ami, ne le vit pas
plûtôt parti de Bagdad, qu'il prit
un soin extrême de fuir les occasions

cafions d'être feul avec Lira : il
en trouvoit toûjours quelques
mauvais prétextes ; mais cette
jeune beauté s'appercevant enfin
de fes manieres qui lui parurent
rudes : Vous m'évités, Taher, lui
dit elle un foir en lui ferrant tendrement la main, & depuis l'abfence d'Alcouz je m'examine pour
fçavoir en quoi j'ai eu le malheur
de vous déplaire ; je n'ay pû découvrir le fujet de vôtre froideur;
& cette conduite m'eft fi injurieu-
fe, que je vous conjure de la
ceffer, ou de me dire de quoi je
fuis coupable à vos yeux.

Taher étoit dans une confufion extrême : les larmes qu'il
répandoit en abondance, fans
ofer regarder Lira, la toucherent vivement ; elle le preffa de
s'expliquer, mais Taher fe jettant
à fes pieds la conjura de ne lui
point faire cette violence ; Ne

demandez point, Madame, lui
dit-il, que je vous ouvre mon
cœur : vous me regarderiés comme le dernier de tous les hommes, fi je vous découvrois ce
qui s'y paffe ; l'amitié la plus fain-
te, & les approches mêmes de
la mort n'ont pû triompher d'u-
ne paffion criminelle, & je fens
que.... Arrêtez, Taher, s'écria
Lira dans la derniere confufion,
je commence à vous entendre :
Quoi feroit-il poffible qu'oubliant tout ce que vous devez à
mon époux, vous euffiez conçû
pour moi un amour injurieux à
ma gloire ? Ah, s'il eft ainfi,
faites que je l'ignore toute ma
vie. Non, Madame, reprit Taher, il n'eft plus temps de diffi-
muler ; je fuis un perfide, un
traître ; mais je le fuis malgré
moi : j'ai fait tous mes efforts
pour éteindre ces indignes feux ;

j'ai voulu mourir, la cruelle mort
n'a point voulu de moy : Je m'é-
tois condamné à un silence éternel, vous m'avez forcé de parler ; mais je me puniray bien-tôt
moi-mêmed'avoir violé les droits
de l'union la plus étroite. Taher
en ce moment ayant jetté la vûë
sur Lira qu'il vit irritée au dernier point, fut si saisi de douleur
qu'il tomba comme mort à ses
pieds : Elle hésita quelque tems
à lui donner du secours, mais la
pitié l'emporta enfin sur son juste
ressentiment ; elle fit son possible
pour le faire revenir de son éva-
noüissement ; elle lui frappa dans
les mains, & ce malheureux A-
mant ayant foiblement ouvert
des yeux mourans, & reconnoissant Lira occupée autour de lui :
laissez-moi mourir, Madame,
lui dit il tendrement, vôtre secours m'est trop cruel ; après

avoir merité vôtre indignation
la vie me devient odieuse, & je la
quitte sans regret ; il retomba
alors dans un état qui fit croire
à Lira qu'il n'avoit plus que quelques momens à vivre.

Jusqu'à present , Seigneur,
poursuivit Ben-Eridoün, je vous
ai fait un assez beau portrait de
Lira , mais il est quelque fois de
dangereux momens pour la vertu de certaines femmes. Lira é-
prouva bien cette verité; effraïée
de la résolution de Taher , &
attendrie par l'excès de son a-
mour , elle passa tout d'un coup
d'une violente colere à la tendresse la plus vive : Qu'a fait Alcouz
pour moi qui égale ceci ? se dit-
elle en ce moment ; il ne m'a jamais que médiocrement aimée
en comparaison de Taher ; quoi
pour un leger gain dont il se peut
facilement passer, il m'abandon-

ne, & entreprend un voyage dont
il ne fera peut-être de retour
d'un an ? C'en eft fait, mon
cher Taher, je veux vivre &
mourir pour vous, puifque vous
mourriés pour moi, je vous fa-
crifie fans peine toute la tendreffe que j'ai eu pour Alcouz,
& qu'il merite fi peu ; vivez donc,
mon cher amant, & vivez pour
Lira. Cette belle perfonne ac-
compagnoit, Seigneur, fes pro-
teftations de careffes fi touchan-
tes, qu'elles firent bien-tôt revenir Taher de fon évanoüiffement. La furprife extrême où il
fe trouva de fe voir entre les bras
de Lira, qui le combloit des
marques de la paffion la plus vive, lui rendit bien-tôt l'entier
ufage des fens, il ne crut pas devoir negliger une occafion fi favorable à fon amour; & oubliant
tout ce qu'il devoit à fon ami,

il fçût fi bien profiter de la foibleffe de la belle Lira, qu'il en
demeura entierement le Vain-
queur.

Ce ne fut pourtant pas fans
quelque efpece de remords que
Lira s'apperçût qu'il n'étoit plus
temps de rien refufer à fon A-
mant ; mais il fçût effacer de fon
efprit ces réflexions par des manieres fi tendres & fi refpectueu-
fes, qu'elle ne fe fouvint non plus
d'Alcouz, que s'il n'avoit jamais
été fon mari.

Uniquement occupez de leur
amour, ces deux Amans pafferent près d'une année dans des
plaifirs qui leur paroiffoient toûjours nouveaux : Non contents
de fe voir à tous momens, ils ex-
primoient encore leur tendreffe par les Lettres les plus paffionnées, & perdant la memoire,
l'un de fon Ami, l'autre de fon

époux, ils ne s'imaginoient pas
qu'il dût jamais revenir du grand
Caire.

XCII.

QUART D'HEURE.

ALcouz que l'on n'attendoit point, revint pourtant à Bagdad, après avoir terminé les affaires qu'il avoit au Caire. Quoique sa presence fut peu souhaitée, on le reçût avec de feintes caressses qui l'ébloüirent : Sa longue absence lui fit trouver sa femme encore plus charmante qu'il ne l'avoit laissée en partant, il ne pouvoit être un moment sans lui donner quelque nouvelle marque de tendresse ; & loin d'avoir le moindre soupçon de son infidelité, il lui fournissoit très-souvent les occasions d'estre seule avec Taher.

Un

Un foir que Lira incommodée
d'une violente migraine , étoit
fur fon Sopha ; elle eut befoin
d'une eau qui étoit excellente pour foulager ces fortes de
maux ; accablée des douleurs
aiguës qu'elle fouffroit , elle
donna fans reflexion à Alcouz
la clef d'une petite caffette de
bois de Sandal , dans laquelle
étoit la bouteille qui renfermoit
cette eau ; Alcouz qui aimoit
tendrement fa femme , courut à
ce Cabinet ; mais il ne fut pas
forti de la chambre , que Taher
fut furpris de voir la belle Lira
s'arracher les cheveux: Ah, nous
fommes perdus , lui dit-elle ,
chere ame de ma vie ? mon imprudence va mettre le comble
à nos malheurs , je viens de donner à mon mari la clef de la Caffette où font toutes les Lettres
dans lefquelles vous m'exprimés

ſi vivement vôtre paſſion ; Alcouz dans ſa rage n'épargnera ni
ſa femme ni ſon ami.

Taher fut affligé au dernier
point ; mais prenant ſon parti ſur
le champ en homme d'eſprit, il
courut après Alcouz, & voyant
par la porte qui étoit entre-ou-
verte, qu'il liſoit avec étonnement une de ſes lettres ; il tira
la porte doucement ſur lui, &
l'enfermant à double tour, il
emporta la clef, ſans que la ſurpriſe où étoit ſon ami de l'infidelité de ſa femme lui permit
de s'en appercevoir : Taher alors
deſcendit promptement à la Caiſ-
ſe, prit tout l'or qui s'y trouva,
& emmenant avec ſoi Lira, il
ſortit précipitament de Bagdad,
& s'étant muni de deux chevaux
au premier Village, il fit plus
de vingt lieuës le reſte de cette
journée, & pendant toute la nuit
qui la ſuivit.

Pendant que ces nouveaux
Voyageurs étoient déja en route, Alcouz après avoir lû les
Lettres de Taher, qui ne lui laif-
foient aucun lieu de douter de
fon malheur, prit un poignard,
& voulant defcendre pour en
percer le cœur de fa femme ; il
fut dans la derniere furprife de
fe voir enfermé, il appella fes
Efclaves, on vint à la porte ; il
ne s'y trouva point de clef ; &
Alcouz dans fa colere ayant ordonné qu'on enfonça la porte,
fes ordres furent bien-tôt exe-
cutez, il courut d'abord au Salon
dans lequel il avoit laiffé Lira ;
il ne l'y trouva plus, ainfi que
Taher. Il apprit qu'ils étoient
fortis enfemble fort en défordre ;
il defcendit à la Caiffe, & la
trouvant vuide, il fe jetta le ventre contre terre, & fit des cris qui
effrayerent les plus affurez. Au-

cun de ſes Eſclaves n'oſoit lui
demander le ſujet de ſa fureur ;
mais après être revenu de ſes
premiers mouvemens ; il les ren-
voya tous à leur ouvrage. Quel
que ſoit mon malheur , ſe dit-il
alors, agiſſons prudemment dans
une occaſion auſſi délicate , &
n'apprêtons point à rire aux autres : Je ſuis trahi par mon ami ,
ma femme m'eſt infidelle, ce coup
eſt ſenſible , je l'avoüe ; mais
dois-je porter la peine de leur
crime ? Non non , c'eſt à eux à
gemir & à mourir de confuſion
de leur perfidie ; la perte que je
fais aujourd'hui n'eſt pas aſſez
conſiderable pour troubler davantage ma tranquillité ; alors
oubliant tout d'un coup Taher
& Lira , il les mépriſa tellement,
qu'il ne crut pas ſeulement devoir les faire pourſuivre ; & les
abandonnant à leur deſtinée , il

vaqua à fes affaires , comme il
faifoit auparavant , & chercha
à fe dédommager avec d'autres
femmes de la perte de la fien-
ne.

Six mois s'étoient déja écou-
lez depuis le départ de Taher &
de Lira, lorfqu'Alcouz apprit la
mort d'un de fes Correfpondans
aux Indes Orientales. Comme
cet homme lui devoit beaucoup,
& qu'il n'avoit aucun compte arrêté avec lui, il refolut d'aller
fur les lieux pour regler fes affaires avec les héritiers du def-
funt, & ayant laiffé le foin des
fiennes à un Neveu en qui il avoit
beaucoup de confiance , il s'embarqua à Balfora fur un Vaiffeau
qu'il chargea de plufieurs marchandifes. Après avoir abordé à
differentes Ifles où Alcouz faifoit toûjours des trocs avanta-
geux , & fur tout de diamans ,

qu'il ferroit dans une bourfe de
cuir attachée à fa ceinture ; le
Vaiffeau fut tout d'un coup
furpris d'une tempête fi violente, qu'après avoir long-temps
combattu contre les vagues & le
vent, il fut englouti dans la
mer.

Alcouz s'étoit heureufement
faifi d'une planche pendant le
fort de la tempête ; il vogua
long-temps au gré des vents,
& aborda après deux jours &
deux nuits à une Ifle qui lui paroiffoit deferte. Comme la faim
le tourmentoit, il mangea quelques fruits que la nature feule
avoit produits en ces lieux ; il les
trouva d'un goût exquis; & mar-
chant pendant neuf jours fans
rencontrer aucune habitation,
il arriva fur la fin du dixiéme au
bord d'une petite Riviere qu'il
paffa à la nage, & defcendit dans

une prairie charmante, qui le
conduifit à une très-jolie Ville
nommée Brava. *

Alcouz étoit en fi mauvais
état qu'il ne voulut pas entrer
dans la Ville que la nuit ne le
mit à l'abri des infultes qu'on lui
eût pù faire. Après avoir mangé
quelques fruits qui lui reftoient
encore, comme il y avoit long-
tems qu'il n'avoit joüi d'un fom-
meil tranquille, il s'abandonna
à celui que la fraîcheur du lieu
lui préfentoit, & dormit très-
profondement jufques dans la
nuit avancée, qu'il fe réveilla en
furfaut.

* Brava eft une Ville de la nouvelle Arabie,
avec un très-bon Port. Elle eft libre, & Capitale de la Republique de ce nom, qui ne dé-
pend de perfonne. On fait dans cette Ville
grand trafic d'or, d'argent, d'yvoire, d'ambre & de cire.

XCIII.

QUART D'HEURE.

DEs flammes qui ravageoient une très-belle maison détachée de la Ville, porterent une lumiere si vive dans les yeux d'Alcouz, qu'elle interrompit son sommeil : il y courut dans le dessein d'y porter du secours, & entendant des cris affreux, il prit une forte piece de bois qu'il trouva devant cette maison, avec laquelle ayant enfoncé la porte principale, & deux autres qui communiquoient à un appartement, où il distinguoit des voix de femmes, il fut assez heureux pour les sauver des flammes qui les alloient consumer. Chacune

d'elles se sauva sans presque remercier leur Liberateur ; & Alcouz ayant encore penetré dans
un petit Cabinet, dont il jetta la
porte en dedans, il y trouva une
vieille femme à demi brûlée, &
une jeune personne presque nuë
& évanoüie seulement, mais
d'une beauté au-dessus de ce
qu'il avoit jamais vû ; il la prit
dans ses bras, & l'emporta en l'é-
tat qu'elle étoit au lieu même
où il s'étoit endormi.

Cette jeune fille qui avoit pensé être suffoquée par la fumée,
n'eut pas plûtôt senti le grand
air, qu'elle ouvrit les yeux. Le
jour commençoit à paroître ; elle
fut surprise de se trouver dans la
campagne ; mais ayant sçû d'Alcouz les obligations qu'elle lui
avoit ; elle eut moins de répugnance de se voir avec lui, &
commença à le regarder com-

me une perfonne à qui elle devoit la vie. Elle lui apprit que
fon pere qui étoit mort depuis
trois ans, avoit été un riche
Marchand Joallier , & qu'elle
vivoit avec fa mere & quelques
Efclaves dans cette maifon , lorfque le feu y avoit pris. Elle témoigna enfuite à Alcouz l'inquiétude où elle étoit de ne
fçavoir ce qu'étoit devenuë fa
mere ; mais fçachant de lui que
dans le même Cabinet d'où il
l'avoit fauvée des flammes, il
avoit trouvé le corps d'une vieille femme à moitié confumé,
elle ne douta plus de fa perte ,
& s'abandonna à la douleur la
plus vive.

Alcouz confola du mieux qu'il
pût cette belle perfonne ; il retourna avec elle à la maifon,
qu'ils trouverent entierement réduite en cendre ; & fes larmes re-

doublant à un si triste spectacle,
qui la réduisoit à la derniere misere : Alcouz qui commençoit
à sentir pour elle une violente
passion, l'arracha de ce lieu funeste, & la reconduisit dans la
Ville de Brava, il s'y pourvût
promptement d'habits pour elle
& pour lui, moyennant un de
ses diamans qu'il vendit: & ayant
loüé une maison toute meublée,
il y mena sa nouvelle Maîtresse,
& repara quelques jours après
les pertes qu'elle avoit faites,
en lui achetant en son nom la
maison dans laquelle elle logeoit,
& en lui donnant un jeune Esclave pour la servir.

Alcouz, Seigneur, étoit fort
bien fait de sa personne ; il avoit
sauvé la vie à cette aimable fille,
& vivoit avec elle d'une maniere si soumise, qu'elle en fut
bien-tôt reconnoissante. Il passa

plusieurs mois avec elle dans les
plaisirs les plus doux & dans la
bonne chere , & apprit d'elle
avec une joye excessive qu'elle
croyoit porter dans son sein des
marques de sa tendresse.

Jamais Alcouz ne s'étoit vû
plus heureux ; les caresses d'une
Maîtresse sont tout d'une autre
nature que celles d'une femme ;
& celle-ci lui donnoit à tous
momens de si fortes marques de
son amour, qu'il avoit lieu de
se croire le plus aimé de tous les
hommes ; mais quelque passion
qu'il ressentit pour elle , comme
la conduite que Lira avoit tenuë
avec lui , lui donnoit lieu de se
défier de toutes les femmes , il
examina de si près les actions de
celle-ci, qu'il crut voir qu'elle
n'étoit pas indifferente à un jeune
homme de Brava, qui passoit souvent par sa ruë, & qu'elle le regar-

doit toûjours avec beaucoup d'attention. Quelque chagrin qu'il en
reſſentit il n'en témoigna rien ;
mais un ſoir que ce jeune homme
plus indiſcret que de coutume,
s'étoit arrêté vis-à-vis de la porte
de ſa Maîtreſſe, qui paroiſſoit
de ſa fenêtre prendre beaucoup
de plaiſir à conſiderer les geſtes
par leſquels il lui exprimoit ſa
paſſion ; Alcouz ne pût retenir ſa
colere ; il deſcendit avec précipitation dans la ruë ; & joignant bruſquement cet étourdi,
il lui déchargea un ſoufflet ſi
violent, qu'il le renverſa par terre. Le jeune homme étonné ſe
releva promptement, mit le ſabre à la main, & vint fondre
comme un furieux ſur Alcouz ;
mais ce dernier beaucoup plus
robuſte & plus adroit, de deux
coups de ſabre ayant mis ſon ennemi hors de combat, il le laiſſa

baigné dans fon fang.

Les cris que fit la Maîtreffe
d'Alcouz quand elle vit fon nouvel Amant tout enfanglanté, attirerent les voifins dans la ruë.
Comme il n'y avoit plus de feu-
reté pour lui dans Brava, il prit
le parti de fe fauver, & gagna
plufieurs ruës détournées qui le
conduifirent à une des portes de la
Ville. Il s'y arrêta quelque tems,
ne fçachant pas trop quel parti
prendre; mais y ayant appris que
celui qu'il venoit de bleffer, ou
peut-être de tuer, étoit un jeune homme de grande confide-
ration, il ne jugea pas à propos de rentrer dans la Ville. Il avoit fur lui, outre la
plus grande partie de fes pie-
reries, une bourfe pleine d'or
il marcha toute la nuit, &
plufieurs jours de fuite, jufqu'à ce qu'étant arrivé à Ba

raboa, * il s'y embarqua sur la
riviere de Quilmanca, d'où étant
entré dans l'Ocean oriental, il
prit la route des Indes; il y arriva
sans aucun accident; & ayant re-
glé ses comptes avec les heritiers
de son Correspondant, il y fit
emplette de poivre, de canelle &
d'ambre, sur quoi il y avoit cent
pour cent à gagner. Ensuite étant
remonté en mer, il revint sans aucun accident à Balsora, d'où il
envoya par terre ses marchandises à Bagdad, & resta quelque
tems à Balsora pour se reposer
des fatigues de ses voyages.

Il se promenoit un soir hors
des portes de la Ville, lorsqu'il
vit auprès d'un Moulin une si
jolie Meûniere, qu'il en devint
éperduëment amoureux. Il l'a-

---

* Baraboa est la Capitale du Royaume
d'Adea dans le Païs d'Ayan; elle est située
sur un des bras de la riviere de Quilmança.

borda fans façon , & lui ayant
fait une déclaration d'amour,
accompagnée d'une très-jolie bague qu'ii lui mit au doigt ; il ne
la trouva pas rebelle à fes defirs :
Venez ici fur le foir, lui dit-elle ,
mon mari eft abfent pour trois
ou quatre jours que nous paffe-
rons agréablement enfemble ; je
vais préparer tout ce qu'il faut
pour fouper.

Alcouz revint à fon logis ; il fe
baigna , changea d'habits , & retourna au Soleil-couché trouver
la belle Meûniere ; elle s'étoit pa-
reillement mife d'une propreté à
faire plaifir , & le reçût avec les
careffes les plus paffionnées. Enfin , Seigneur , ils avoient déja
paffé enfemble une partie de la
nuit , lorfque tout d'un coup la
porte du Moulin s'ouvrit,& qu'ils
virent entrer dans la chambre
où ils étoient un homme vêtu
en

en Marchand. La Meûniere qu'Alcouz regardoit avec fur-. prife, blêmit à cette vûë; elle alla au-devant du nouveau venu, & vouloit s'excufer envers lui, lorf- qu'elle en reçût un foufflet fuivi de plufieurs injures.

XCIV.

QUART D'HEURE.

ALcouz piqué de la bruta-
lité de cet homme, lui sau-
ta au colet : comme l'un & l'autre
n'avoient point d'armes en ce moment, leur combat ne se passa
qu'à coups de poings ; mais la
Meûniere s'étant jettée au milieu
d'eux, quelle fut la surprise des
combattans, quand s'étant re-
gardés avec plus d'attention, ils
se reconnurent en même tems,
l'un pour Taher, & l'autre pour
Alcouz ? ce dernier ne se posse-
dant plus de rage à la vûë de
son ennemi, & se rappellant en
ce moment sa trahison, se saisit
brusquement d'une escabelle, &

l'alloit lancer à la tête de Taher,
lorſque ſe proſternant aux pieds
d'Alcouz : Mon frere , lui dit-il
avec ſoumiſſion , je ſuis coupable de la plus noire perfidie ; j'ai
merité la mort en vous enlevant
le cœur de Lira ; mais ſi vous
ſçaviez ce que j'ai ſouffert depuis
mon abſence , & de quels remords j'ai été agité , vous me
pardonneriez ſans doute un crime que j'ai commis malgré moi.

Taher répandoit des larmes
avec tant d'abondance , qu'Alcouz en fut touché. Comme il
croyoit avoir entierement oublié
Lira , il ſe jetta au col de ſon
ami : Je te pardonne , Taher ,
lui dit-il. Quelque ſujet que j'aye
de te haïr, je ne veux pas qu'il ſoit
dit qu'une femme ait pû détruire
une amitié auſſi belle que celle
qui regnoit entre nous depuis ſi
long-tems : mais apprens-moi ,

je te prie, qu'eſt devenuë Lira?
Ah, ne rappellons point, je t'en
conjure, reprit Taher, en embraſſant ſon ami, le ſouvenir
d'une perſonne qui t'eſt peut-être
encore chere : Non non, repliqua Alcouz, Lira ne me touche
plus : ſon infidelité l'a entierement effacée de mon cœur : &
pour te faire voir le peu de cas
que j'en fais, remettons-nous à
table avec cette Meûniere, dont
je vois bien que nous partageons
les faveurs ; Aimons-là l'un &
l'autre ſans jalouſie, & bûvons
à la ſanté de ſon mari. La Meûniere auſſi-tôt leur verſa à boire,
& la paix étant rétablie dans le
Moulin, ils ſe mirent tous trois
à table & le verre à la main. Alcouz & Taher ſe jurerent une
amitié éternelle.

Après que le vin leur eut un
peu échauffé la cervelle, la Meû-

niere reveilla la converfation. Si
Alcouz eft peu curieux, dit-elle
à Taher, de ce qui s'eft paffé
entre fa femme & toi, & de ce
qu'elle eft devenuë, je te conjure de me l'apprendre fans differer : je fuis perfuadée qu'il t'é-
coutera fans peine, & pour moi
je te ferai infiniment obligée de
la violence que tu te feras pour
me donner cette fatisfaction ;
Taher héfitoit à contenter la
Meûniere ; mais Alcouz l'ayant
affûré que Lira lui étoit devenuë
fi indifferente, qu'il ne verroit
fur fon vifage aucune émotion
au récit de fon infidelité, & qu'il
étoit abfolument revenu de la
paffion qu'il avoit eu pour elle,
Taher ne balança plus de lui parler en ces termes.

Je pafferai legerement, mon
cher frere, fur l'amour que j'ai
fenti pour Lira, les commen-

cémens de cette paſſion ont penſé
m'être funeſtes, puiſqu'ils m'ont
réduit à la porte du trépas ; j'ai
voulu mourir plûtôt que de trahir mon ami ; mais je n'ai point
été le maître de mon ſort : la
belle Lira a triomphé de mes
réſolutions, & ſon imprudence
en vous confiant la clef du cof-
fre où étoient mes Lettres, m'a
obligé de prendre la fuite avec
elle pour me ſouſtraire à vôtre
juſte vengeance.

Quoique j'euſſe ſouvent l'eſprit
bourrelé de la perfidie que j'avois
commiſe envers vous, je comptois pourtant être heureux avec
Lira ; mais je n'avois pas aſſez
étudié le caractere de cette femme. Quelque paſſion qu'elle me
témoigna, je m'apperçûs bien-
tôt qu'il regnoit dans toutes ſes
actions un air de coquetterie, &
& que par tout où nous paſſions, le

defir de plair l'occupoit uniquement. Je lui en parlai plufieurs
fois fans qu'elle daigna prefque
y faire attention : Taher, me di-
foit-elle en riant, tu t'avifes bien
mal à propos d'être jaloux, peux-
tu douter de ma tendreffe après
ce que j'ai fait pour toi ? Va,
mon cher ami, je t'aime uniquement, dors en repos, & ne me
fatigue point par d'injurieux
foupçons.

Ces paroles loin de me raffurer,
me piquoient jufqu'au vif : Je
fouffrois cependant avec patien-
ce, mais après avoir paffé dans
differentes Villes, étant arrivé à
Vifapour *, je pris la réfolution
de m'y établir ; j'avois loué d'un
Juif une maifon toute meublée,
& affez jolie, dans un fort a-

* Vifapour Ville Capitale du Royaume
de Decan entre l'Ocean Indien, Cuzrate,
Golconde & Bifnagar.

gréable quartier ; mais en la loüant je ne fis pas attention que j'avois un Voisin très-dangereux, un jeune Indien beau comme l'amour occupoit une maison joignante à la mienne. Je veillois avec soin sur toutes ses actions & sur celles de Lira, sans en rien témoigner : & je croïois n'avoir point lieu de soupçonner leur conduite, lorsqu'un soir rentrant assez inopinément dans le Salon où Lira avoit coûtume de passer la journée, je fus dans la derniere surprise de voir un homme se sauver par dessous le tapis qui couvroit la muraille, & vouloir passer par une ouverture que l'on y avoit faite pour communiquer à la maison prochaine.

X C V.

XCIV.

QUART D'HEURE.

JE courus après cet homme ; je l'arrêtai par le pied , & le retirant dans le Salon , je le reconnus pour le jeune Indien qui m'avoit donné tant d'inquiétude ; je faifis alors Lira de l'autre main , & après lui avoir reproché fon infidelité dans des termes que la fureur me dictoit ; je me préparois à punir ce jeune homme de l'affront qu'il venoit de me faire, lorfque Lira fe jetta au-devant de moi : Arrête, Taher, me dit-elle avec fierté , rentre en toi-même, confidere que tu merites au moins le même châtiment que cet Indien ; &

reſpecte en lui un homme que
j'aime : de quel droit trouve tu à
redire à mes actions? Suis je ta
femme ? Suis-je ton Eſclave? &
dois-tu eſperer que dans la ſitua-
tion où je ſuis avec toi, je te ſois
plus fidelle que je ne l'ai été à
mon époux ? Si tu le crois tu te
trompe, je t'ai aimé, je ne t'aime
plus ; l'on ne peut forcer les inclinations , & mon cœur eſt à
preſent à ce nouvel Amant juſqu'à ce qu'il me plaiſe d'en diſ-
poſer en faveur d'un autre.

L'éfronterie de Lira me jetta
dans un étonnement ſans égal,
je reſtai immobile, & le jeune
Indien ayant profité de ce moment pour ſe ſauver par le trou
de la muraille qu'il reboucha
promptement avec quelques
planches. Je fus long-temps ſans
parler: enſuite reprenant la parole ; Lira, lui dis-je, aſſez tran-

quillement, je ne vous avois pas
cru capable d'une telle noirceur
d'ame ; mais puiſque vous venez
de vous demaſquer entierement ,
rompons tout commerce enſemble , partageons ce qui me reſte
d'argent , & ſeparons-nous pour
jamais.

Lira reçût cette propoſition
avec joye, j'avois encore environ ſept mille ſequins, je lui en
donnai la moitié , & la quittant
ſans regret , je ſortis de Viſapour
perſuadé du mauvais cœur , &
de l'infidelité de toutes les femmes, & dans la reſolution de les
mépriſer à jamais : je m'embarquai au premier Port de mer ,
ſur un Vaiſſeau qui prenoit la
route d'Arabie : nous arrivâmes
à Brava , où je ne fus pas plûtôt
deſcendu, que j'entrai dans la
boutique d'un Tailleur pour m'y
faire habiller proprement. Je fis

marché avec lui d'un habit com-
plet, & après le lui avoir payé,
comme je fortois de chez lui,
j'apperçûs de l'autre côté de la
ruë deux femmes voilées affi-
fes fur un banc de pierre ; l'une
de ces femmes paroiffoit évanoüie, & l'autre fort empreffée
à la fecourir. Je leur offris promptement mon fervice, on l'accepta ; & ayant pris par deffous les
bras celle qui fe trouvoit mal,
j'aidai fon Efclave à la conduire
chez elle. Nous entrâmes dans
une petite maifon fort proprement meublée, & qui paroiffoit
avoir toutes les commoditez neceffaires pour un particulier : nous
pofâmes cette Dame fur un Sopha, & fon Efclave levant fon
voile pour lui faciliter la refpira-
tion, que devins-je, mon cher
Alcouz, à la vûë de la plus charmante perfonne de l'Univers :

J'en fus tellement ébloüi, que toutes les réfolutions que j'avois prifes de ne m'engager jamais, s'évanoüirent dans un feul moment. J'aimai éperduëment cette jeune beauté, & entrant dans fes peines, je lui offris tout ce qui dependoit de moi. Seigneur, me dit cette belle perfonne, les yeux baignés de larmes, je viens de perdre en ce moment un homme qui alloit faire tout fon bonheur de me poffeder, fi un brutal n'eut en ma préfence terminé le cours d'une fi belle vie ; nous devions nous époufer de-main, & mon Amant, fuivant fa coûtume, venoit me rendre vifite vers l'heure de la priere du foir, lorfqu'un perfide Muzul-man qui l'attendoit au coin de la prochaine ruë, lui a donné deux coups de fabre, dont l'un l'a jetté mort à fes pieds ; mes

cris ont fait prendre la fuite à ce
ſcélerat , je ſuis promptement
deſcenduë ; j'ai vû qu'on repor-
toit mon Amant chez lui tout
baigné de ſang , & que l'Ange
de la mort s'étoit déja emparé
de ſon ame. Voilà , Seigneur ,
la cauſe de ma juſte douleur.

Cette jeune Dame , pourſuivit
Taher , redoubla ſes pleurs en
cet endroit, & marqua dans toutes ſes actions un deſeſpoir ſi violent, que j'apprehendai tout pour
ſa vie. Je ne la quittai point :
on la mit au lit , & ſon Eſclave
& moi étant reſtés auprès d'elle , nous paſſâmes toute la nuit
à la conſoler. Le lendemain elle
parut un peu plus tranquille , elle
me remercia de mes ſoins , &
jettant la vuë fixement ſur moi ,
elle verſa tout de nouveau un
torrent de larmes ; je fus ſurpris
de cette nouvelle affliction : je

lui en demandai refpectueufe-
ment la caufe : Ah, Seigneur, me
dit-elle en entre-coupant de fan-
glots toutes fes paroles , plus je
vous confidere, plus je fens augmenter ma douleur, vos traits
font fi femblables à ceux de mon
Amant, que je ne puis vous regarder fans m'attendrir de la perte
irreparable que j'ai faite.

Je profitai de cette reffemblance, continua Taher , & je fis tant
par mes foins, qu'elle commença à oublier le mort.

Quelque fage que je duffe être
par l'exemple de Lira , je crus
que je ferois le plus heureux de
tous les hommes fi j'époufois
une femme dont le cœur me paroiffoit auffi bien placé. Je parlai, la reffemblance fit fon effet ;
l'on m'écouta affez favorable-
ment , & je devins enfin époux
de cette belle , fans avoir fou-

piré plus de huit jours.

Jamais je n'ai goûté de plaisirs
si parfaits que ceux que je ressen-
tis avec ma nouvelle épouse ; &
pour comble de satisfaction, j'appris d'elle quelques jours après
nôtre mariage, qu'elle se croïoit
grosse, cette nouvelle redoubla
mon amour ; & je la trouvois si
superieure en beauté, & par le
caractere d'esprit à toutes les autres femmes, que je n'étois pas
un moment sans lui donner de
nouvelles marques de tendresse.
Quoique ma femme répondit
parfaitement à mon amour, je
lui trouvois un fond de mélanco-
lie, que toutes mes caresses ne
pouvoient dissiper ; comme je
l'attribuois à la perte de son A-
mant, je ne voulois pas paroître
m'en appercevoir ; mais mon
cher Alcouz, je ne fus pas long-
temps sans en découvrir la veri-
table raison.

Il n'y avoit pas encore trois
mois & demi que j'étois marié,
quand rentrant fur le foir chez
moi, ma femme qui depuis plufieurs jours avoit quelque legere indifpofition de fa groffeffe,
fe plaignit d'une affreufe colique,
je ne m'appercevois pas que ma
prefence l'embaraffoit, au contraire ma tendreffe redoubloit
à toutes fes douleurs, & quelques inftantes prieres qu'elle me
fit de paffer dans une autre chambre, je ne voulus pas la quitter
un feul moment : Mais, mon
cher frere, que devins-je, quand
dans la violence de fes maux, je
m'apperçus qu'elle venoit d'ac-
coucher d'une fille : je devins plus
froid que du marbre : O Ciel,
m'écriai je, après être revenu de
mon étonnement, fuis-je donc
fait pour être trahi par tout ce
que j'ai aimé le mieux? Perfide Sal-

lé , continuai-je , en lui adreſ-
ſant la parole..... Comment,
interrompit Alcouz en cet endroit , vôtre femme s'appelloit
Sallé ? oüi , mon cher ami , lui
répondit Taher ; & ne logeoit-
elle pas à Brava dans la ruë des
Changeurs vis-à-vis une Mar-
chande de citrons dans une petite maiſon iſolée ? Juſtement,
repliqua Taher , cette Maiſon
toute meublée lui avoit été donnée par celui qui devoit l'épou-
ſer , & qui fut tué à ſes yeux le
ſoir même que j'arrivai à Brava.
A ces nouvelles, Seigneur , pourſuivit Ben-Eridoün , Alcouz à
force de rire , ſe laiſſa aller à la
renverſe , & reſta un temps ſi
conſiderable dans cette poſture,
que Taher & la Meûniere en
furent dans la derniere ſurpriſe.

XCV.

QUART D'HEURE.

QU'a donc de si risible ce
que je viens de vous ra-
conter, reprit Taher ; je ne vois
pas que vous deviés prendre si
peu de part à mon affliction :
Quoi, mon cher frere, repliqua
encore Alcouz en riant plus fort
qu'auparavant, cette femme qui
pleure son Amant avec tant de
tendresse, qui t'épouse ensuite,
& qui après trois mois & demi
de mariage accouche si heureu-
sement entre tes bras, est cette
Sallé de la ruë des Changeurs ?
Oh, pour cela mon cher ami,
une histoire aussi singuliere mérite de passer à la posterité. Sça-

che, mon pauvre Taher , que cette petite fille dont ta femme vouloit te faire paſſer pour être le pere , eſt de ma façon ; que cette Sallé ſans être ma femme, après avoir été par mon moyen ſauvée de l'incendie de ſa maiſon , eut pour moi les dernieres bontés ; que ce fut moi qui achetai la maiſon toute meublée où elle logeoit à Brava : Que jaloux avec raiſon de ſon nouvel Amant, je lui donnai , outre un ſoufflet , deux coups de ſabre, dont je le jettai ſur le carreau ; & que ce fut encore moi qui, obligé de me ſauver , laiſſai Sallé groſſe de plus de quatre mois & demi.

Une avanture auſſi particuliere ſurprit Taher ; il rappella dans ſon eſprit celle de Lira : Nous voilà donc quittes l'un envers l'autre , s'écria-t-il en riant de

toutes ſes forces : Oüi, mon
cher frere, reprit Alcouz en
l'embraſſant, nous n'avons plus
rien à nous reprocher, nôtre
vengeance eſt reciproque : elle
n'eſt pas tout-à-fait égale, dit
alors la Meûniere, c'eſt le hazard ſeul qui te venge de Taher,
au lieu qu'il t'offenſoit avec connoiſſance de cauſe. Ma foi, repliqua Alcouz, les femmes ſont
d'un caractere bien bizarre ; elles abuſent preſque toutes de nôtre foibleſſe pour elles ; que cette
double épreuve nous ſuffiſe &
nous rende ſages pour toûjours;
fuyons déſormais tout engage-
ment ; cherchons à mettre dans
nôtre rang tant de ſots maris
qui s'endorment avec confiance ſur les careſſes trompeuſes
de leurs femmes, & commençons par mettre de ce nombre le
mari de cette charmante Meûniere.

Ces deux amis après s'être em-
braſſés de nouveau à cette propoſition, jurerent de ne ſe jamais quitter. Taher reprit enſuite ſon hiſtoire, & raconta que le
violent chagrin qu'il avoit eu de
ſe voir ſi cruellement trompé par
Sallé, lui avoit fait prendre ſur
le champ le deſſein de ſortir pour
jamais de Brava, ſans même lui
dire adieu, & qu'après s'être em-
barqué, il étoit arrivé à Balſora
depuis près d'un mois, où il a-
voit lié un commerce de tendreſſe avec la Meûniere, en atten-
dant qu'il eut pris des meſures
pour ſe reconcilier avec Alcouz.

Alcouz & Taher après plu-
ſieurs plaiſanteries au ſujet de
leurs avantures, ſur leſquelles la
Meûniere les railloit avec aſſez
d'eſprit, ſe diſpoſoient à paſſer
agréablement le reſte de la nuit,
lorſque le Meûnier qui avoit fini

ſes affaires plûtôt qu'il ne le pen-
ſoit, arriva bruſquement dans le
Moulin.

L'étonnement fut extrême de
toutes parts : le Meûnier qui vit
la table bien couverte ne s'attendoit pas à trouver ſa femme en
ſi bonne compagnie. Cependant
la Meûniere lui ayant dit que
ces deux hommes qui avoient
été ſurpris de la pluye, lui étoient
venu demander retraite dans
ſon Moulin, qu'elle n'avoit pas
cru devoir leur refuſer ſi peu de
choſe ; & que la pluye ayant toûjours continuée, elle leur avoit
préſenté la Collation. Il feignit
de ſe payer de cette excuſe, quoiqu'il fut dans une rage inconcevable. Il y avoit déja du temps
qu'il ſoupçonnoit ſa femme de
galanterie ; mais comme il ne ſe
crut pas le plus fort, il diſſimula
parfaitement, & envoyant cher-

cher du vin frais, il se mit à table avec ses Hôtes, qu'il fit boire autant qu'il pût.

Il étoit trop tard pour qu'Alcouz & Taher pussent rentrer
dans Balsora ; quand il fut heure
de quitter la table, le Meûnier
les fit passer dans une chambre
où il y avoit un assez bon lit :
ils se jetterent dessus en atten-
dant le jour, & le Meûnier s'alla coucher auprès de sa femme
qu'il laissa s'endormir profondément. Comme le désir de vengeance l'occupoit uniquement ;
quand il la vit en cet état, il
descendit à son Ecurie, prit le
licol de son mulet, & le passant
au col de la Meûniere, il se mit
en devoir de l'étrangler ; heu-
reusement qu'elle se reveilla dans
le moment qu'il commençoit
d'executer sa vengeance ; elle
passa adroitement le poignet entre

tre son col & la corde sans jetter
le moindre cris, & se roidissant
comme une personne à qui l'on
ôte la respiration, elle fit croire
au Meûnier qui travailloit dans
l'obscurité, qu'elle étoit morte ;
la crainte d'être puni ne lui permit pas de rester plus long-tems
dans le Moulin, il monta promptement sur son Mulet, & s'é-
loigna avec précipitation de la
Ville de Balsora.

La Meûniere ne sentit pas
plûtôt son mari hors du Moulin, que se levant encore toute
tremblante, elle en alla fermer
les portes qu'il avoit laissé ou-
vertes, elle ralluma ensuite sa
lampe ; & allant éveiller ses deux
Hôtes qui joüissoient d'un sommeil paisible, elle leur raconta le
danger qu'elle venoit de courir,
& leur montra les marques livi-
·des qu'elle portoit au col de la

cruauté de fon mary.

Taher & Alcouz furent furpris de la réfolution du Meûnier : fi l'on traitoit ainfi toutes les femmes infideles, dit Alcouz à l'oreille de fon ami, l'on
ne trouveroit jamais affez de
licols; mais, mon cher frere,
continua-t-il en élevant fa voix,
fortons promptement du Moulin, le Meûnier eft homme à
nous aller accufer du meurtre
de fa femme; & quoi qu'elle
pût aifément dépofer en nôtre
faveur, on ne laifferoit pas de
nous impliquer dans une fotte
affaire. Vous avez quelque raifon, repartit Taher, mais laif-
ferons-nous ici cette belle Meûniere? Non non, reprit-elle, je
vous fuivrai par tout, pourvû que
vous me fourniffiez un Habit
d'homme : La chofe n'eft pas
bien difficile; répondit Taher,

nous fommes à peu près de même taille, vous n'avez qu'à venir au logis que j'ai loüé depuis
que je fuis à Balfora , nous
en trouverons plus d'un com-
plet.

Cette réfolution prife , la Meûniere examina tout ce qu'elle
pouvoit emporter du Moulin ;
les deux amis & elle s'en chargerent , & ils fe rendirent à la
pointe du jour chez Taher où
cette belle s'étant traveftie, ils
pafferent plufieurs jours dans les
plaifirs.

Alcouz & Taher partageoient
fans jaloufie une fi bonne fortune ; mais Alcouz qui avoit envoyé fes Marchandifes à Bagdad apprehendant que le retard
de la vente n'en diminuât le prix,
propofa à Taher de prendre la
route de cette Ville : la Meûniere les y fuivit , & comme ils mar-

choient à petites journées, ils fû-
rent près de dix jours à y arriver, encore ne fut ce que sur le
soir, & dans le moment qu'on
venoit d'en fermer les portes.
Obligez de passer la nuit dans
les Fauxbourgs, ils retournoient
sur leurs pas pour loger au premier Caravanserail, lorsqu'il sur-
vint tout d'un coup une pluye
furieuse : ils chercherent à se mettre à l'abri ; & ayant donné leurs
chevaux à garder à un Esclave
qu'ils avoient acheté à Balsora,
ils s'adosserent à une petite porte
au-dessous de laquelle il y avoit
un espece d'auvent ; comme ce
n'étoit qu'une pluye d'orage,
elle fut bien-tôt passée, & nos trois
Avanturiers attendoient qu'elle
fut tout-à-fait finie pour aller
chercher gîte ; mais comme ils
s'apuyoient trop contre cette
porte, qui apparemment n'étoit

pas bien suspenduë, elle se détacha de ses gonds, & les renversa tous trois par terre.

XCVI.

QUART D'HEURE.

AU bruit que fit la porte en tombant, & aux éclats de rire qu'ils firent de leur chûte, trois perſonnes qui étoient couchées dans une Salle baſſe & dans un même lit, demanderent aſſez haut qui pouvoient être ceux qui venoient troubler leur repos, les deux Amis & la Meûniere s'approcherent du lit pour voir ceux qui leur parloient, ils apperçûrent au clair de la lune qui répondoit ſur le lit, & qui, malgré la pluye, fourniſſoit aſſez de clarté ; ils y apperçurent, dis-je, un homme qui avoit l'air d'un Porteur ou gagne deniers couché entre deux femmes qui paroiſſoient très-jolies, & qui ainſi que le Porteur, ſe couvrirent promptement le viſage.

Une avanture auſſi peu commune redoubla les ris d'Alcouz & de Taher, elle excita leur curioſité; & ayant levé de force la couverture qui les cachoit, ils reſterent dans un étonnement ſans égalde reconnoître ces deux femmes pour être Sallé & Lira : Perfides, infames ! s'écrierent en même tems ces deux amis, pouvez-vous pouſſer la débauche juſqu'au point de vous abandonner à un malheureux Porteur ; alors mettant chacun le ſabre à la main, ils alloient ſacrifier leur femmes & le Porteur à leur juſte colere, lorſque la Meûniere traveſtie ſe jettant au-devant de leurs coups : ah, Seigneurs, leur dit elle, daignez ſuſpendre pour

un moment vôtre colere, & con-
fiderez les traits de cet homme,
qu'une double frayeur vient de
faire évanoüir; je n'arrêterai plus
après les effets de vôtre reffenti-
ment fi vous jugez à propos de
fuivre les mouvemens qui vous
aveuglent à prefent.

Alcouz & Taher par complaifance pour la Meûniere calme-
rent un peu leur colere, examinerent le porteur, & l'ayant reconnu malgré le pâleur qui regnoit fur fon vifage, une envie de
rire fi extraordinaire les faifit,
qu'ils penferent en mourir : ils jetterent leurs fabres à terre, & redoublant leurs éclats, ils firent
connoître à Lira & à Sallé par un
fi prompt changement, qu'il n'y a-
voit plus rien à craindre pour leur
vie. Ces deux femmes voyant leurs
maris tout d'un coup de fi bonne humeur, fans en penetrer la raifon,

fon, fe jetterent promptement
au bas du lit ; elles fe profterne-
rent à leurs pieds, & en attendoient en tremblant le pardon
de leurs fautes, lorfque le Porteur ouvrit les yeux, il ne les eut
pas plûtôt tourné vers la Meûniere traveftie, qu'il les referma
auffi-tôt, croyant fans doute que
c'étoit le Diable qui venoit pour
l'emporter. Seigneur, s'écria alors
cette femme, en riant de toutes
fes forces de l'imagination du
Porteur, je ne vous empêche
plus de fuivre les mouvemens de
vôtre colere ; c'eft à vous à prefent à confiderer s'il y a de la juftice à vous venger de cet homme. Non, non, reprit Alcouz,
ne parlons plus de veangeance,
au contraire la rencontre eft trop
plaifante pour n'en pas rire les premiers. Nous voila donc tous trois
dans le même rang, & puifque

le Meûnier (car c'étoit lui-même
qui s'étoit trouvé dans le lit entre Sallé & Lira,) a autant sujet
de se plaindre de nous , que nous
de lui : il est juste qu'il entre dans
nôtre amitié , & que nous parta-
gions ensemble nôtre fortune ,
ainsi que nous avons fait nos
femmes ; alors la presence de Lira quelqu'infidelle qu'elle eutété,
ranimant un reste de passion mal
éteinte dans le cœur de son mari,
je vais , dit-il à Taher & au Meûnier , qui avoit repris ses esprits,
je vais vous montrer l'exemple
d'une parfaite reconciliation : il
releva sa femme , que la confu-
sion rendoit interdite , & l'embrassant avec tendresse. Lira , lui
dit-il , j'oublie le passé ; je ne
veux pas même sçavoir le détail
de vôtre conduite depuis vôtre
infidelité, elle renouvelleroit dans
mon ame une playe dont je veux

effacer jufqu'à la moindre cica-
trice , j'exhorte mes deux Compagnons à faire de même , & je
ne doute pas que mon exemple
ne les détermine à pardonner fin-
cerement à leurs femmes.

Taher & le Meûnier ne dédi-
rent point Alcouz , chacun d'eux
embraffa tendrement fa femme ;
& la réunion fut parfaite entr'eux.
Après de mutuelles & vives careffes , ces fix époux d'un caractere fi nouveau , ne purent fe regarder fans fe rappeller tout ce
qui s'étoit paffé entr'eux ; mille
circonftances de leurs avantures
plus plaifantes les unes que les
autres , qui leur pafferent dans
l'efprit, les fit s'abandonner à une
joye exceffive.

Le Caliphe Haroün Arrefchid,
pourfuivit Ben-Eridoün , qui ,
comme j'ai déja eu l'honneur,
Seigneur , de le raconter à vôtre

G ij

Majeſté, ſortoit ſouvent de nuit avec Giaffar, s'étoit ce ſoir-là déguiſé avec ſon premier Viſir, & Meſrour Chef de ſes Eunuques. Il paſſoit pardevant la maiſon où cette ſcene ſi ſinguliere venoit d'arriver, lorſque les éclats de rire qu'il entendit, exciterent ſa curioſité. Comme la porte étoit ouverte, il entra ſans façon, & ſaluant civilement ces quatre hommes (car la Meûniere en portoit toûjours l'habit) Seigneurs, leur dit-il, vôtre joye m'a paru ſi extraordinaire, que vous pardonnerez mon incivilité, ſi j'ay entré ici ſans vôtre permiſſion, & ſi je vous prie de m'en faire part ; j'aime fort à rire, & vous ne ſçauriez m'obliger davantage qu'en me racontant le ſujet de vos plaiſirs.

Alcouz & Taher regarderent en ce moment leurs femmes ;

elles ne purent s'empêcher de
rougir : & comme ils virent bien
que le récit qu'on leur demandoit
ne leur feroit point agréable , ils
prierent honnêtement le Caliphe,
qu'ils ne connoiſſoient pas pour
ce qu'il étoit , de les diſpenſer de
lui apprendre des choſes qu'ils
avoient interêt de tenir cachées.

Haroün Arreſchid , Seigneur ,
ne les preſſa pas davantage ; mais
comme le lieu où ils étoient n'é-
toit pas des plus commodes pour
y paſſer la nuit , il leur offrit une
retraite plus propre , & qui n'é-
toit pas bien éloignée, ils accep-
terent ſes honnêtetez , & l'ayant
ſuivi juſqu'auprès des murs de la
Ville , il les y fit entrer par un
eſpece de ſoûterrain dont il avoit
la clef , & les conduiſit dans un
petite maiſon très - proprement
meublée. On ſervit dans le moment même la Collation , & ſur

tout d'excellent vin Grec qu'il leur fit boire avec excès ; quand le Caliphe s'apperçût que le vin montoit un peu à la tête de ſes Hôtes , il les pria de nouveau de vouloir ſatisfaire ſa curioſité au ſujet de leurs ris extraordinaires.

XCVII.

QUART D'HEURE.

ALcouz & Taher souffroient de refuser à un si galant homme le récit de leurs avantures, mais la Meûniere les aïant menacez de la raconter malgré eux : Alcouz prit la parole, & instruisit le Caliphe de tout ce que j'ai eu l'honneur de vous dire de ces six époux. Haroün Arreschid trouva cette Histoire aussi singuliere qu'il en eut jamais entenduë, il remercia ses Hôtes de leur complaisance, & les ayant fait boire tout de nouveau pour se donner du plaisir à leurs dépens, il ordonna à Giaffar de leur mettre à chacun dans leur verre une

G iiij

pincée de poudre dont la com-
position avoit la vertu d'assoupir pour douze heures, & n'é-
pargnant pas même son grand
Visir ni Mesrour, il leur en donna adroitement une doze qui les
endormit en peu de tems ; alors
il reveilla deux Muets, leur fit
porter ces huit personnes sur un
Chariot que l'on attela par son ordre, & les fit conduire à deux lieuës
de Bagdad dans une fort jolie
maison qui donnoit sur les bords
du Tigre, & qui appartenoit à ce-
luiqui avoit l'intendance de sesbâ-
timens. Là, ayant en sa presence
fait deshabiller Alcouz, Taher, le
Meûnier & leurs femmes, que l'on
révêtit de Chemises & de Calçons * magnifiques, il les fit
mettre deux à deux dans trois
lits que l'on dressa dans la même

* Dans tout l'Orient les hommes & les
femmes couchent avec des Calçons,

Alcove. Il barboüilla enfuite lui-
même de noir fon grand Vifir,
& lui ayant fait donner un habit d'Efclave, il habilla Mefrour en femme, & après les avoir
fait pofer l'un & l'autre fur un
Tapis de Perfe aux pieds des fix
époux, il attendit impatiemment
leur reveil caché derriere un
voile qui l'empêchoit d'eftre vû.
Ces huit perfonnes fortirent de
leur affoupiffement prefque en
même tems, fur tout Alcouz, Taher, le Meûnier & leurs femmes;
ils furent dans une furprife extrême de fe voir couchez dans un
lieu dans lequel ils ne fe fouve-
noient pas d'avoir jamais entré,
& de voir des robes fuperbes par
l'or & la broderie qui fembloient
deftinées pour chacun d'eux.

Ils regardoient cette efpece de
fonge avec un filence pleind'étonnement, lorfque le Vifir Giaffar

voïant le Chef des Eunuques vêtu
en femme, fit un grand éclat de
rire : Eh, bon jour ma belle bru-
nette, s'écria-t-il ; Comment avez-
vous paſſé la nuit ?

Meſrour regarda avec attention ſes habits, il reſta quelques
momens interdit, mais ayant
enſuite jetté la vûe à ſon tour ſur
Giaffar, il ne put s'empêcher de
rire en le voyant ainſi barboüillé : Salut au beau brun, lui ré-
pondit-il d'un air fort bouffon,
l'on voit bien à ſon teint frais
qu'il a dormi d'un ſommeil tran-
quile. Giaffar ſurpris de cette ré-
ponſe, examina ſes mains & ſon
habit d'Eſclave, rêva quelque
tems ſur une avanture auſſi plaiſante ; & n'ayant aucune idée de
la chambre où il ſe trouvoit, il
ne ſçût que penſer de ſon dégui-
ſement & de celui de Meſrour ;
mais reconnoiſſant bien les trois

maris & leurs femmes, il prit fur
le champ fon parti. Ceſt apparemment, ſe dit-il en ſoi-mê-
me, quelque nouveau plaiſir que
ſe veut donner le ſouverain Commandeur des Croyans : entrons
dans ſes intentions, & tâchons
de le rejoüir par la ſcene que je
vais joüer. Alors, embraſſant
Meſrour d'une maniere bouffon-
ne; ma chere compagne, lumiere de mes yeux, lui dit-il d'un
air tendre, ſuivons l'exemple de
ces époux fortunez : je vous rends
toute ma tendreſſe à condition
que vous me ferez dorénavant
plus fidele ; mais ſi je vous ſur-
prends jamais avec le beau Zemroud, comme cela vous arriva
hier, je jure que le fer ou le poi-
ſon me vangeront bien-tôt de vôtre perfidie.

Le Chef des Eunuques ſurpris
du compliment du Viſir, le re-

garda fixement : Estes-vous fou,
Giaffar, lui dit-il, oubliez-vous
qui vous estes?Non, ma chere Zulica, reprit Giaffar, je me souviens
parfaitement que je suis Chapour
vôtre fidele époux; pourquoy fei-
gnez-vous de me méconnoître,
avez-vous déja perdu la memoire des bontez que Saëd nôtre
maître eut hier, en voulant bien
nous raccommoder ensemble? ne
lui promîtes-vous pas que vous
ne verriez plus vôtre galant Zemroud, qu'à l'exemple de ces maris
débonnaires qu'il engagea à venir
loger chez lui, & dont vous en-
tendites l'histoire, je vous par-
donnai sincerement vôtre infidelité, à condition que vous seriez
plus sage à l'avenir.

Plus le Visir parloit serieuse-
ment, plus Mesrour croyoit qu'il
avoit perdu l'esprit, cependant
leurs métamorphoses l'embaras-

ſoient. Quel galimatias me faites-
vous, mon cher ami , repliqua-
t-il, rentrez en vous même , ſon-
gez que je ſuis Meſrour Chef des
Eunuques du ſouverain Commandeur des Croyans dont vous
êtes grand Viſir : ceſſez donc
cette plaiſanterie, & reprenez . . .
Abus, interrompit Giaffar , vous
êtes folle d'avoir cette imagination ridicule ; plût à Dieu que
vous diſiez la verité , mais le
vin que vous bûtes hier a broüil-
lé ſans doute vos idées , ſouvenez-vous que nous ne ſommes
que de ſimples Eſclaves de Saëd ,
qui eſt bien le meilleur maître
qui ſoit dans tout Bagdad.

Giaffar en prononçant ces dernieres paroles alloit embraſſer
Meſrour une ſeconde fois, lorſque cet Eunuque le repouſſant
rudement ; vous êtes extravagant
vous-même , répliqua-t-il , j'en

prend à témoins ces six époux :
n'eûmes-nous pas hier l'honneur
d'accompagner le Caliphe dans
ses promenades nocturnes ? n'en.
trâmes-nous pas avec lui dans
une maison du Fauxbourg de
cette Ville, où les ris extraordinaires de ces époux l'attirerent ?
Ne les engagea-t-il pas à venir
passer la nuit dans la maison qui
communique à son Palais ? n'y fi-
rent-ils pas la collation? n'y racon-
terent-ils pas leur avanture si singuliere ? ne leur donnâmes-nous
pas dans leur vin d'une poudre
qui a le pouvoir d'assoupir sur le
champ ? Eh bien, rêve-je à present ? & n'est-ce pas vous dont
l'esprit est aliené, ou tout au
moins dont les fonctions sont encore suspenduës par les fumées
du vin que vous bûtes hier en
trop grande quantité ?

XCVIII.

QUART D'HEURE.

ALcouz, Seigneur, Taher, le Meûnier & leurs femmes, qui écoutoient dans un profond silence la dispute du Visir & de l'Eunuque, furent dans un étonnemeut sans pareil de ce qu'ils venoient d'entendre ; ils n'ignoroient pas qu'Haroün Arreschid se donnoit souvent de pareils plaisirs ; mais Giaffar & Mesrour étoient si parfaitement déguisez, qu'ils ne les reconnoissoient pas même pour les deux Esclaves qui avoient accompagné celui que Mesrour assûroit estre le Caliphe.

Haroün Arreschid, cependant

derriere le voile qui le cachoit,
examinoit avec un plaifir infini
tout ce qui fe paffoit entre ces
huit perfonnes. Il avoit toutes
les peines imaginables à s'empêcher de rire en voyant le Chef des
Eunuques fe défefperer de l'obfti-
nation avec laquelle Giaffar lui
foûtenoit qu'il étoit fa femme;
je ne fuis pas encore un coup, lui
dit-il, vôt.e chere Zulica aimée
du beau Zemroud, je ne crois pas
même qu'il y ait perfonne dans
tout Bagdad qui porte ces noms.
Vous êtes encore yvre, ou fi
vous ne l'êtes pas, j'ignore quel
plaifir vous prenez à m'impa-
tienter ; pour moi aux habits
près, dont je ne conçois pas
comment nous fommes revêtus,
je fçai certainement que je m'appelle Mefrour Chef des Eunuques
du fouverain Commaudeur des
Fideles, & la couleur dont vous
êtes

êtes barboüillé ne m'empêche pas de reconnoître en vous tous les traits du grand Vifir Giaffar. Quant à ces fix Epoux, je ne comprends pas trop non plus qui peut les avoir tranfporté, ainfi que nous, dans un lieu qui m'eft tout-à-fait inconnu : mais tous ces preftiges ne me feront point changer d'état, je ferai toujours Mefrour, & vous ne ceflerez point d'être Giaffar.

Alcouz, Taher & les autres ne fe mêlerent point dans la converfation qui s'aigriffoit de plus en plus par l'opiniâtreté de l'Eunuque à ne point vouloir avoüer qu'il étoit Zulica, & par l'emportement de Giaffar à vouloir foûtenir qu'il étoit fon mari. Ce dernier qui joüoit parfaitement bien fon rôle, feignit enfin d'être dans une extrême colere contre Mefrour ; il lui avoit déja don-

né plusieurs coups de poing, ausquels l'autre ripostoit très serieu-
sement, lorsque le Caliphe vêtu
en Marchand, ainsi qu'il l'étoit
la veille, & qui s'étouffoit de
rire derriere le voile, entra dans
la Chambre où se passoit la sce-
ne. Zulica, dit-il, en s'adressant au Chef des Eunuques d'un
ton grave, quelle raison oblige
encore vôtre mari à vous faire
porter des marques de sa colere ; vous m'aviez tant promis
hier l'un & l'autre de vivre dans
une union parfaite : est-ce là deja
l'effet de ces promesses, & quelque nouveau sujet de jalousie à
l'occasion du beau Zemroud au-
torise-t-il Chapour à vous mal-
traiter ainsi ?

La presence subite d'Haroün
Arreschid, le discours qu'il tint
à Mesrour, & le nom de Zulica
qu'il lui donna, le déconcerte-

rent à un point qu'il en perdit
la parole. Il ne conçut que dans
ce moment que le Caliphe avoit
voulu sans doute se réjoüir à ses
dépens, & que Giaffar avoit pris
le bon parti ; il ft alors un grand
éclat de rire : Seigneur, dit-il,
au Commandeur des Fideles,
en se jettant à ses pieds, je con-
viens que Giaffar a cent fois plus
d'esprit que moy ; mais je m'es-
time heureux que ma sotise ait
pú divertir quelques momens vôtre Majesté : je serois très fâché,
mon cher Mesrour, reprit le Caliphe, que tu eusses eû l'esprit
aussi present que Giaffar, ton embarras ne m'auroit pas donné un
plaisir infini ; mais puisqu'enfin
me voilà demasqué, je voudrois
bien sçavoir à present ce que
Taher, Alcouz, le Meûnier &
leurs femmes pensoient de vôtre
dispute. Souverain Commandeur

des Croyans, dit alors Alcouz, que le refpect empêcha, ainfi que les autres, de fe jetter en bas du lit, pour fe profterner devant le Caliphe ; la richeffe de l'appartement où nous fommes, & la magnificence des habits que nous voyons fur ces Sophas, nous faifoient regarder la querelle de Giaffar & de Mefrour, comme un fonge que les vapeurs du vin avoient excité dans nôtre cervelle échauffée ; je ne fçai même fi au moment que j'ai l'honneur de parler devant vôtre Majefté, nous ne rêvons point encore, tant ceci me paroît furnaturel.

Le Caliphe ne pût s'empêcher de rire de la penfée d'Alcouz : Non, non, lui dit-il, vous êtes tous bien éveillez : levez-vous, & prenez chacun les robes qui vous font deftinées dont

je vous fais prefent pour le plaifir
que m'a fait le recit de vos avantures. Vous pouvez maintenant
prendre le chemin de vôtre logis, vous trouverez ici un chariot pour vous y conduire.

Haroün Arrefchid, Seigneur,
après ces mots, paffa dans une
autre Chambre avec Giaffar &
Mefrour, dont le premier fe
débarboüilla, & qui changerent
tous deux d'habits, ainfi que le
Caliphe ; les fix Epoux prirent ce
tems pour fe couvrir des veftes
magnifiques qu'Haroün leur a-
voit donné : & après lui avoir fait
demander la grace de le remercier
de fa liberalité, ce qu'ils obtinrent
aifément, ils fe retirerent chez
eux, où j'ignore, Seigneur, fi Sallé, Lira & la Meûniere furent par
la fuite auffi fidelles à leurs maris
qu'elles leur avoient promis de
l'être.

Une Hiſtoire auſſi particuliere
que celle que Ben-Eridoüin venoit de raconter, avoit donné
un plaiſir extrême à Schems-Eddin. Quelque affligé que fut ce
malheureux Prince, il n'avoit
pû s'empêcher de ſoûrire pluſieurs fois pendant le recit de
ces avantures ſi comiques. Mon
cher Viſir, dit-il, au fils d'Abubeker, ſi quelqu'un étoit capable de me faire oublier la perte
de ma chere Zembd-El-Caton, ce
feroit ſans doute toy qui vien-
drois à bout d'une choſe ſi difficile : mais je vois bien que cette
entrepriſe eſt au deſſus des hommes, & qu'il faut ſe ſoûmettre
aux ſuprêmes volontez du Tout-
Puiſſant ; la ſeule grace que je lui
demande tous les jours, c'eſt du
moins que tu me ſurvive afin de
joüir de ton entretien, juſqu'à
ce qu'il plaiſe à nôtre grand Pro-

phete de me presenter devant le
Trône majestueux de Dieu. Ah,
Seigneur, reprit Ben-Eridoün,
en embrassant avec tendresse les
pieds du Roi d'Astracan, que de
bontez pour un vil esclave tel que
je suis ; & que ne m'est-il permis
de donner ma vie pour rendre
mon Roi parfaitement heureux.
Oüi je jure par les six gouttes de
la sueur * de Mahomet, qui pro-
duisirent la rose & le ris, que
je la sacrifierois de tout mon
cœur pour vôtre Majesté ; mais,
Seigneur, il ne faut pas perdre
entierement l'esperance, & si
l'on doit ajoûter quelque foy

---

* Mahomet faisant le tour du Trône de
Dieu dans le Paradis, avant que de se
montrer aux hommes, Dieu se tourna vers
lui & le regarda ; Mahomet en eut tant de
honte qu'il en sua, & ayant essuyé sa sueur
avec ses doigts, il en fit tomber six gouttes
hors du Paradis, l'une desquelles fit naître
sur le champ la Rose & le Ris.

aux fonges, celui que j'ai fait cette nuit me feroit croire que vos maux peuvent recevoir du foulagement. Et quel rêve as-tu donc fait, reprit précipitamment Schems-Eddin ? le voici, Seigneur. Je dormois profondement, lorfqu'un grand vent a ouvert la fenêtre de ma Chambre, je me fuis reveillé en furfaut à ce bruit, & je me fuis trouvé dans un étonnement extrême de voir au chevet de mon lit le Bouraq * de nôtre grand Prophete qui me faifoit mille careffes ; infpiré fans doute en ce moment, je me fuis purifié, & après avoir fait ma priere, j'ai monté fur ce divin Animal qui m'a tranfporté par les airs avec

* Le Bouraq eft un Animal plus petit qu'un Mulet, & plus grand qu'un Afne, qui tient de la nature de ces deux animaux, & que Dieu envoya à Mahomet pour le porter dans le Ciel.

une

une rapidité incroyable : je fuis
enfin arrivé, Seigneur, à Serendib, où la premiere perfonne
que j'ai trouvée a efté mon pere, je fuis defcendu précipitament
de deffus ma monture que j'ai
liée à un arbre ; Abubeker enfuite m'a pris par le bras, &
m'ayant conduit dans une Mofquée dont la porte s'eft refer-
mée d'elle-même fur nous ; ado-
rez l'Envoyé de Dieu, m'a-t-il
dit, en fe profternant. Je me fuis
jetté le vifage contre terre ; Dieu
eft Dieu, me fuis-je écrié, & Mahomet eft fon grand Prophete :
A peine, Seigneur, ai-je eu a-
chevé cette priere fi commune
parmi nous, que Mahomet lui-
même entouré d'une lumiere é-
clante, s'eft apparu à moi, il
tenoit par la main une Dame
d'une beauté fuperieure à tout
ce que j'ai jamais vû. Heureux,

Schems-Eddin, a-t-il dit alors,
que ton fort eſt digne d'envie,
tu retrouve une femme d'un merite égal à celui de mes Houris ;
ſi je retournois ſur terre, je bor-
nerois mes vœux à en poſſeder
une pareille ; l'obſcurité m'a caché nôtre Prophete dans le moment qu'il remettoit cette Dame
entre les mains d'Abubeker ; je
ne ſçai comment je me ſuis re-
trouvé monté ſur le Bouraq, j'ai
volé avec la même viteſſe que
j'avois déja fait, je ſuis rentré
dans ma Chambre ; je me ſuis
remis au lit, & je ne me ſuis
reveillé que vers l'heure de la
priere du matin, mais ſi fatigué,
que quand j'aurois effectivement
fait le voyage de Serendib en ſi
peu de temps, je crois que je ne
pourrois l'être davantage. Voilà,
Seigneur, mon rêve de cette
nuit. Plût à Dieu qu'il marqua la

fin prochaine de vos malheurs :
ah , mon cher Ben-Eridoün , s'é-
cria douloureufement Schems-
Eddin , que j'en fuis encore é-
loigné , quand même je recou-
vrerois la vûë par le retour de
ton pere , puis-je jamais retrou-
ver mon incomparable Zebd-
El-Caton , je l'ai perduë pour jamais : éloignons , mon cher Vifir , éloignons une idée fi affreufe
& fi affligeante ; je lui promis
au moment de nôtre féparation ,
de foufcrire fans murmure aux
arrêts de ma deftinée , je l'ai fait;
mais fi Mahomet avoit voulu me
faire grace , il y a long-tems qu'il
auroit fini mes maux en me tirant de cette malheureufe vie ,
où je n'ai eu de relâche à mes
douleurs que depuis que tu prens
le foin d'en fufpendre le cours
par d'ingenieufes & amufantes
Hiftoires. Pourfuis , mon cher

ami, pourfuis ta carriere, écarte
un fi trifle fouvenir que celui
qui m'accable, par quelque nou‑
veauté. Eh bien, Seigneur, re‑
prit Ben-Eridoün, en fe faifant
une grande violence, pour ca‑
cher les larmes que les malheurs
du Roi lui arrachoient. Vôtre
Majefté feroit-elle à prefent d'hu‑
meur à entendre les avantures
du Corfaire Faruk : très-volon‑
tiers, répondit Schems-Eddin,
je m'intereffe au fort de cet in‑
fortuné Prince : car s'il m'en fou‑
vient, il me femble qu'il a pris
cette qualité : il eft vrai, Sei‑
gneur, répondit le jeune Vifir,
vous allez voir que fa vie eft
un tiffu de malheurs, & je vais
vous raconter non-feulement fon
hiftoire jufqu'au moment de fa
feparation d'avec la Princeffe
Gulguli-Chemamé, mais encore
tout ce que j'ai lû de lui dans

un ancien Auteur Arabe qui a
écrit l'hiſtoire des Princes qui
ont regné dans les Iſles de Divandurou. *

* Ces Iſles ſont au nombre de cinq , & chacune d'elles a ſix ou ſept lieuès de tour ; elles
ſont éloignées de quatre-vingt de la Côte de
Malabar.   Les Corſaires vont ordinairement
ſe rafraîchir dans ces Iſles.

HISTOIRE

De Faruk.

IL y avoit autrefois sur le Mont Caucauze une petite Ville qui se nommoit Gur, * à cause des Asnes sauvages qui s'y trouvoient en grande quantité dans une Forest qui n'en étoit pas éloignée ; le Roi qui regnoit en ce Païs avoit quatre fils, qui étoient nez tous quatre à même jour de quatre Sultannes differentes ; l'un s'appelloit Suffarak, l'autre Kobad, le troisiéme Bzarmeher, & le quatriéme Faruk.

* Gur en Persan signifie Asne sauvage.

Le Roi avoit toujours aimé
ces quatre fils avec tant d'égali-
té, qu'il n'avoit jamais laiſſé juger
lequel il choiſiroit pour être ſon
ſucceſſeur ; mais ſi quelqu'un
d'eux méritoit de remplir le Trône après ſon pere préferablement
aux autres, c'étoit ſans doute
Faruk, qui avoit toutes les inclinations & les qualitez d'un
grand Prince. Depuis l'âge de
douze ans plus adroit dans ſes
exercices que ſes autres freres ;
il n'y avoit point de jour qu'il
ne s'attira les applaudiſſemens du
peuple de Gur, & vôtre Majeſté
peut croire que c'étoit autant
de traits empoiſonnez qui per-
çoient le cœur des freres de
Faruk.

Ce Prince s'étoit pluſieurs
fois entretenu avec eux ſur la
difficulté qu'il y avoit que le
Royaume de Gur fût diviſé

après la mort de leur pere : l'un
de nous regnera, leur difoit-il,
mais que deviendront les trois
autres, je trouve leur fort fort
à plaindre pour peu qu'ils ayent
d'ambition : Eh bien, reprit Suffarak, prévenons ce malheur de
bonne heure, nous avons l'Aftrologue Zeyfadin, des fages
avis duquel il femble que le Soleil & les Aftres apprennent à
regler leur cours ; fa bouche eft
le trefor des fens fublimes, &
l'on diroit qu'il l'a toujours po-
fée fur la fource de l'entende-
ment : Allons le confulter fur
nôtre deftinée, mais habillons-
nous de maniere qu'il ne puiffe
nous reconnoître que par les
effets de fa fcience : Jurons entre
nous de nous en rapporter à fa
décifion ; & puifqu'auffi-bien fes
prédictions paffent parmi nous
pour les arrefts du Ciel, fouf-

crivons fans y murmurer , & que
les trois d'entre nous qui feront
exclus du Trône aillent ailleurs
chercher à exercer leur courage , & tâchent par leur valeur
à conquerir quelqu'autre Roïau-
me.

Les quatre freres fe trouverent d'un fentiment unanime ,
ils fe déguiferent fur le champ ,
partirent fans aucune fuite , &
arriverent plufieurs jours après
fur le fommet du Mont Caucaze , où Zeyfadin faifoit fa dé-
meure.

Ce Solitaire étoit en prieres ;
lorfqu'ils heurterent à fa porte ,
il ne voulut pas s'interrompre
pour la leur aller ouvrir, mais
eux redoublant leurs coups : Fils
de Roi , s'écria-t-il fans bou-
ger de fa place , attendez un
inftant , celui qui n'a befoin
que d'un tour de main pour

faire agir toute la Sphere ce-
lefte , doit être préferé à tous
mortels : Je fuis à vous dans le
moment.

XCIX.

QUART D'HEURE.

LEs fils du Roi de Gur furent autant surpris qu'on
puisse l'être, de voir que Zeyfadin les eût reconnu sans les a-
voir seulement vû. Ils attendirent
respectueusement qu'il eut achevé sa priere ; il ouvrit enfin , &
les rendit encore plus étonnez
en les nommant chacun par leurs
noms, & en leur disant le sujet
de leur voyage : Il m'est aisé ,
dit-il, Seigneurs , de satisfaire
vòtre envie ; mais il est presque
toujours dangereux de vouloir
pénétrer dans l'avenir , & vous
ne ferez point seurement contens
de ma réponse, d'autant plus que

je prévois que celui qui fera de-
figné pour Succeffeur au Roi fon
pere, court rifque de fa vie, a-
vant même que de retourner à
Gur , & que fes propres freres
deviendront un jour fes plus
cruels ennemis. Cette réponfe auroit dû effrayer les Princes, &
Faruk étoit d'avis de ne point
pouffer plus loin leur curiofité;
mais fes freres s'étant oppofez à
fes fages confeils , ils prefferent
l'Aftrologue de les éclaircir fur
ce qu'ils fouhaitoient fçavoir a-
vec tant de paffion-

Puifque rien ne peut vous détourner de vos deffeins, leur dit
le fublime Zeyfadin, defcendez
par le petit fentier le long de la
montagne, vous y trouverez fur
la fin du jour une femme qui
vous apprendra lequel de vous
quatre eft deftiné à porter la Cou-
ronne de Gur.

Les Princes obéïrent à l'Aftrologue ; ils fuivirent le chemin
qu'il leur avoit montré, & arriverent vers le foir dans une petite plaine entourée de montagnes, & du milieu de laquelle
fortoit une épaiffe fumée par un
trou qui n'étoit pas plus large
que l'ouverture d'un puits : une
bonne femme étoit affife à côté
de ce trou fur une groffe pierre ;
C'eft-là fans doute, fe dirent les
freres, que nous allons apprendre nôtre fort. Ils aborderent
alors la Vieille, & lui ayant raconté le fujet qui les conduifoit
en ce lieu, elle leur ordonna de
fe déchauffer, & de jetter l'un
après l'autre leurs Babouches
dans ce trou; Sufarak ne lui eut
pas plûtôt obéï, que l'on entendit un bruit épouventable, &
que fes Babouches ayant été re-
pouffées avec impetuofité, elles

tomberent aux pieds des Princes toutes noircies de la fumée,
& à demi brûlées : Kobad &
Bzarmeher furent traités de même ; mais Faruk eut un fort
tout different, l'on n'entendit
aucun bruit, la fumée cessa pour
un moment, & ses Babouches
sortirent de cette espece d'abys-
me sans être nullement offen-
sées. C'est donc vous, Seigneur,
lui dit la Vieille, qui êtes desti-
né à être un jour Roi de Gur,
puisque voici la marque certaine à laquelle Zeyfadin, qui pré-
voyoit vôtre arrivée en ce lieux,
m'a assûré que je vous recon-
noîtrois : Reprenez, Seigneur,
vos Babouches, & continuez
vôtre chemin.

Si Faruk eut une secrette joïe
à cette prédiction, ses trois freres en conçurent une jalousie
outrée. Ils n'en témoignerent

pourtant rien; mais refolus d'empêcher Faruk de regner, ils com-
ploterent fecretement de fe défaire de lui.

Il falloit pour retourner à Gur
par le chemin qu'ils tenoient,
paffer de neceffité par un défilé
entre deux Montagnes : il y a-
voit un extrême danger de refter
la nuit aux environs de cet endroit, à caufe des ferpens monf-
trueux qui venoient ordinairement y prendre le frais : Ce fut
là où les trois envieux entrepri-
rent de faire périr Faruk, qui
ignoroit cette circonftance; ils
propoferent d'y paffer la nuit :
Faruk ne s'oppofa pas à leurs deffeins; ils firent un leger repas,
& fe coucherent fur l'herbe;
mais ils ne virent pas plûtôt leur
frere profondement endormi,
que fe levant avec précipitation,
ils s'éloignerent d'un lieu fi dangereux.

Les serpens à leur ordinaire s'af-
semblerent sur le milieude la nuit,
on entendoit leurs affreux sifle-
mens de plus d'une demie lieuë,
ils s'approcherent du lieu où Faruk reposoit, l'entourerent, &
s'alloient jetter dessus lui, lorsque par le plus grand bonheur
du monde, un Génie qui traver-
soit les airs eut pitié de ce malheureux Prince ; il fondit sur les
Serpens, & par quelques paroles
il les engourdit tellement qu'ils
sembloient petrifiez.

Faruk, Seigneur, à son reveil fut dans une fureur extrême de voir la mort de quelque
côté qu'il se tourna ; il crut que
ses freres avoient déja été devo-
rez par les Serpens ; mais ayant
remarqué qu'ils étoient tous im-
mobiles, il eut la hardiesse de
passer par dessus eux, & de reprendre le chemin de Gur, sans
qu'aucun

qu'aucun de ces dangereux animaux eut le pouvoir de lui faire
le moindre mal. Il pleuroit bonnement la mort de ſes freres,
lorſqu'en entrant dans Gur il
apprit qu'il y avoit plus de ſix
heuresqu'ils y étoient revenus.Ils
furent étonnez de ſon retour,
& lui voulurent faire croire que
la frayeur qu'ils avoient eu du
ſeul ſifflement des Serpens les a-
voit fait fuïr chacun ſéparement
ſans faire la moindre reflexion
qu'ils l'abandonnoient à une
mort preſque certaine : Faruk
aima mieux ſe payer de ces mau-
vaiſes raiſons, que de ſoupçon-
ner ſes freres d'une trahiſon auſſi
noire ; il ne leur en fit pas plus
mauvais viſage, & vécut avec
eux à ſon ordinaire, ſans même
les preſſer d'executer le ſerment
qu'ils avoient fait de ſortir de
Gur quand l'Aſtrologue auroit

décidé en faveur de l'un d'eux.

Il n'y avoit pas plus de huit mois que les Princes étoient de retour de chez Zeyfadin , lorſ. que le Roi leur pere étant à la chaſſe , fut renverſé de deſſus ſon cheval , & ſe tua malheureuſement. Il n'avoit point nommé de Succeſſeur , & les trois freres ne s'en rapportant pas à la déciſion de la Vieille, à qui Zeyfadin les avoit renvoyés , firent chacun un parti pour exclure Faruk , & ſe faire élire en ſa place : Ce dernier connut alors toute la mauvaiſe foi de ſes freres ; il aſſembla promptement les Principaux de Gur , il leur raconta leur voyage chez l'Aſtrologue, & ſoit qu'ils le cruſſent , ou qu'ils l'aimaſſent mieux que ſes Concurrens, ils ne balancerent point à ſe déclarer pour lui.

Il y avoit donc dans Gur qua-

tre partis prêts à se déchirer l'un
l'autre , & l'on alloit voir une
effroyable guerre civile, lorsque
tout le peuple , comme inspiré,
mit bas les armes , se réünit,
proposa aux Princes de s'en rapporter à celui qui le lendemain
entreroit le premier dans la Ville, & leur déclara qu'en cas qu'-
ils n'acceptassent pas cette condition , il les excluroit tous quatre du Trône. Sufarak , Kobad
& Bzarmeher avoient peine à
consentir à cet accord , auquel
Faruk ne s'opposa pas ; mais il
fallut s'y resoudre, & les Principaux de Gur les ayant enfermé
chacun séparément , & posé des
Sentinelles à leurs appartemens ,
pour éviter toute supercherie, on
fit fermer les portes de la Ville ,
que l'on garda très-exactement.

Tout le peuple passa la nuit sur
les murailles à attendre celui qui

devoit apporter la paix dans Gur,
& le jour étoit déja venu sans
qu'il parut personne, lorsque
l'on vit arriver de loin un vieux
Calender * presque nud. L'air
retentit de mille cris de joye :
on ouvrit promptement la porte du côté qu'il venoit : on courut au-devant de lui, & on le
porta comme en triomphe au
Palais où étoit encore le corps
du Roi défunt.

Le Calender étoit surpris autant qu'on le puisse estre : il ne
sçavoit à quoi attribuer ce qui
se passoit : il en fut bien-tôt instruit, on lui apprit enfin que c'é-
toit lui qui devoit leur donner

---

* Les Calenders dans tout l'Orient sont des
gens détachez en apparence de toute chose ;
ils quittent peres, meres, femmes, enfans
& parens pour courir par le monde, & vi-
vent d'aumônes, mais ils n'en sont pas plus
exacts observateurs de leur Religion, au-contraire l'on en voit beaucoup parmi eux qui vi-
vent dans un extréme libertinage.

un Roi, & qu'il n'avoit qu'à choi-
fir entre les quatre Princes qui
s'en raportoient à fon jugement.
Ce Calender étoit un vieillard
très-fenfé, il fçavoit bien qu'en
nommant l'un des Princes, il fe
feroit trois ennemis de ceux qui
feroient exclus : pour ne point
décider tout-à-fait par lui-même,
il s'avifa de l'expedient que je
vais raconter à vôtre Majefté :
Il fit apporter le corps du Roi
défunt, le fit lier contre un arbre, & marquant une affez grande diftance, il décida que celui
des quatre freres qui lui tireroit
une fleche dans le cœur, fucce-
deroit à fon pere.

Pour qu'il n'y eût point lieu
de plainte entre les Princes, on
les fit tirer au fort pour voir lequel commenceroit : ce fut Kobad qui eut cet avantage, il tira
la premiere fleche, & perça le

gozier de son pere : Bzarmeher
un peu plus adroit lui donna dans
la poitrine sans toucher le cœur,
& Sufarak le frappa dans le bas
ventre.

Il n'y avoit plus que Faruk à
tirer, & le Peuple qui connois-
soit son adresse, ne doutoit point
que ce ne fut lui qui dût emporter le prix, lorsque ce Prince
brisa avec indignation son arc
& ses fléches.

C.

QUART D'HEURE.

QUelle barbarie, s'écria Faruk ? Seigneurs, dit-il aux Principaux de Gur, je renonce au Trône, s'il faut l'acquerir par une action si indigne & si éloignée de toute humanité ! Que mes freres regnent, je verrai leur bonheur sans envie : mais je ne fouillerai jamais ma main par une action aussi impie que celle qu'ils viennent de commettre.

Les principaux de Gur, & tout le peuple, resterent dans un étonnement extrême : ils furent si touchez de la grandeur d'ame de Faruk, qu'ils presserent d'une

commune voix le Calender de
juger en fa faveur. C'étoit bien
mon intention, leur dit le fage
Vieillard, & je n'ai propofé cet
évenement que pour vous laiffer
décider à vous-mêmes avec plus
de difcernement lequel de ces
Princes étoit digne de remplir le
Trône : l'humanité & la pieté
doivent être les premieres ver-
tus des Rois, & Faruk vient de
vous en donner des marques fi
naturelles, que je croirois of-
fenfer nôtre grand Prophete en
ne le choififfant pas avec vous
pour regner dans ces lieux.

L'on pouffa mille cris de joïe
de la décifion du Calender, &
les trois Princes fe retirerent de
la Ville couverts de honte & de
confufion : ils étoient au defefpoir d'être, non-feulement exclus du Trône par la voix du peuple, mais encore de voir que
l'avidité

l'avidité de regner leur avoit fait commettre une impieté dont ils fentoient eux-mêmes toute l'horreur, & refolus de faire perir Faruk, ils fortirent de Gur dans la refolution de tout entreprendre pour y réuffir.

Cependant on prêta le ferment de fidelité au nouveau Roi. Il fit faire des obfeques magnifiques à fon pere, & voulut retenir le Calender auprès de lui ; mais ce bon Vieillard le pria de l'en difpenfer. L'on croiroit peut-être, Seigneur, lui dit-il, que les bontez que vous auriez pour moi, feroient la récompenfe d'une lâche complaifance que j'aurois eu en décidant en vôtre faveur ; & je veux que l'on fçache que je n'ai jugé que fuivant ma confcience & fans aucun motif d'interêt ; faffe le Ciel que vôtre regne foit heureux, & que jufqu'au

dernier jour de vôtre vie les An-
ges qui doivent enregiſtrer toutes vos paroles, n'en entendent
aucune qui ne ſoit agréable à
Dieu. Cela dit, le Calender ſans
vouloir recevoir aucune marque
de la liberalité du Prince, ſortit
de Gur.

Il y avoit environ trois mois,
Seigneur, continua Ben - Eri-
doün, que Faruk regnoit paiſi-
blement, & que par ſa douceur
& ſa juſtice il faiſoit le bonheur
de ſes Sujets, lorſque ſes freres
ſurprirent la Ville pendant une
nuit fort obſcure avec plus de ſix
mille hommes, dont la plûpart
étoient des voleurs Arabes. L'é-
pouvante fut ſi generale, que ces
ſcelerats profitant de la confuſion qui regnoit dans la Ville,
maſſacrerent d'abord tout ce qui
s'offrit à leur fureur ; mais pendant qu'ils s'amuſoient au pilla-

ge, Faruk ayant ramaſſé tout ce qu'il pût d'Officiers & de ſoldats, fondit à ſon tour comme un lion ſur ſes ennemis, il fit toutes les actions de valeur que l'on peut attendre du plus intrepide des hommes ; mais voyant preſque tous ſes gens tuez autour de lui, & qu'il y auroit de la temerité à vouloir s'expoſer davantage, il changea ſes habits contre un des Arabes qu'il avoit tué de ſa main, & lui défigurant le viſage, il s'éloigna ſeul de Gur, & chercha ſon ſalut dans la fuite.

Le jour fit bien-tôt place aux horreurs de la nuit, l'on voyoit le ſang couler de toute part dans la Ville, & les Arabes ayant trouvé parmi les morts non-ſeulement celui qu'ils prenoient pour Faruk, par rapport à la richeſſe de ſes habits, mais encore Sutarak, Kobad & Bzarmeher qui

L ij

avoient péris tous trois dans le
combat, par un effet fans doute
de la juftice Divine ; les Arabes,
dis-je, acheverent de piller & de
maffacrer fans diftinction d'âge
ni de fexe, & mirent le feu aux
quatre coins & au milieu de la
Ville, qui après avoir brûlé pendant trois jours, fut enfin réduite en cendres.

L'infortuné Faruk dépoüillé
non-feulement du Trône, mais
encore réduit à la derniere mi-
fere, ne pouvoit s'éloigner de
Gur fans répandre des larmes ;
les flammes qu'il aperçût de loin,
lui firent perdre toute efperance
de jamais remonter fur le Trône
de fes ancêtres : & il partit de ce
lieu affreux pour lui, dans la refolution de cacher fes malheurs
à tout l'univers.

Il y avoit trois jours que ce
Prince marchoit par des che-

mins détournez , lorfqu'il ren-
contra deux Calenders affis au
bord d'une fontaine qui faifoient un leger repas ; il s'en approcha , & fa contenance leur
faifant connoître qu'il avoit befoin de manger , ils le prierent
de fe mettre à côté d'eux , Faruk qui mouroit de faim , ne
fe le fit pas dire deux fois , il
devora en très-peu de tems tout
ce que les Calenders avoient de
provifion.

Lorfque le Prince fut raffafié,
il croifa fes mains fur fon efto-
mac , & regardant triftement la
terre, il demeura tellement abyf-
mé dans fes douloureufes reflexions , qu'il fut près d'une heure
dans la même pofture.

Les Calenders le regarderent
avec étonnement ; ils étoient vivement touchez de fon affliction;
mais enfin le plus vieux prenant la

parole : mon frere , lui dit-il,
nous fommes fi fenfibles à la
profonde douleur dont vôtre
ame paroît penetrée , quoique
nous ne vous connoiffions que
depuis un moment , qu'il n'eft
rien que nous ne foyons prêts
d'entreprendre ; ce jeune Calender & moi, pour foulager vos
maux , & vous tirer de la fom-
bre mélancholie où vous êtes ;
parlez, Seigneur, & ne refufez
pas un foible fecours, mais qui
tout foible qu'il eft, vous fera
peut-être plus utile que vous ne
le penfez.

Le Prince de Gur qui jufqu'à
ce moment n'avoit point rompu
le filence , rentra en lui-même,
aux offres obligeantes du Vieillard : genereux Calender, lui
dit-il , je vous demande excufe
de mon incivilité ; la cruelle fi-
tuation où je fuis, m'a prefque

aliené l'efprit : ainſi ne trouvez
pas mauvais, je vous en conjure,
ſi j'ai parû inſenſible à vôtre bien-
fait, je vous remercie au reſte de
la generoſité de vos ſentimens ,
& je ne vous demande pour toute
grace que de vouloir bien me recevoir dans vôtre compagnie, &
de permettre que je vive avec
vous dans la même regle que vôtre habit vous prefcrit. Comment, Seigneur, reprit le Vieillard un peu étonné, eſt-ce que
vous ſeriez d'humeur à être Calender. Helas oüi, pourſuivit Faruk, je viens de m'y déterminer
dans le moment , puiſqu'auſſi-
bien pour le preſent je n'ai point
d'autre parti à prendra: voici une
feule bague qui me reſte des biens
aſſez conſiderables que je poſſe-
dois autrefois, je la vendrai à la
premiere occaſion, & tant que
cet argent durera, nous en vi-

vrons comme freres. Vous nous
connoiffez mal, repliqua le plus
jeune des deux Calenders, la vente de cette bague eft inutile, il
faut la garder pour la derniere
extrêmité ; nous fommes d'un
métier qui ne nous laiffe man-
quer de rien, pourvû que nous
ne manquions pas d'hardieffe,
ainfi, Seigneur, ferrez précieufe-
ment ce bijoux pour une autre
fois, & ne vous embarraffez point
du foin de la vie. Ce jeune Calender a raifon, reprit le vieillard,
nôtre premiere inftitution eft d'a-
bandonner peu pour poffeder
beaucoup; cette thefe vous paroît
affez difficile à comprendre, en
voici le fens : Nous n'avons dans
cette vie que la joüiffance, puifque la mort nous force à quitter
toutes les richeffes de la terre.
Que d'embarras d'efprit ! que
d'inquiétudes cruelles pour con-

ferver ces richeſſes ! que d'ennemis à combattre ! que d'envieux
qui cherchent à nous faire perir !
Pour nous , uniquement occupez
des maximes d'une philoſophie
qui nous eſt particuliere , nous
commençons ordinairement par
manger tout ce que nous poſſe-
dions de biens, du moins c'eſt l'u-
ſage des plus ſages d'entre nous ;
& en nous revêtant de cet habit,
nous regardons enſuite le patri-
moine d'autrui comme une reſ-
ſource certaine & inépuiſable
pour nous. En effet , en quel endroit de la terre un Calender
n'eſt-il pas bien reçû , pour peu
qu'il ait de l'eſprit ? Quel eſt celui
depuis les Rois juſqu'aux moin-
dres artiſans qui ne ſe faſſe pas un
plaiſir ou un honneur de l'admet-
tre à ſa table, & qui ne lui pre-
ſente pas le meilleur morceau ? Il
eſt vrai qu'il faut un peu maſquer

son exterieur , & paroître tout
autre que l'on est au fond ; mais
c'est à ce masque que nous devons
le respect avec lequel on nous reçoit par tout ; c'est lui qui endort
les maris les plus jaloux , & qui
nous rend agréables à la plûpart
des femmes qui ne font presque
visibles que pour nous seuls , par
la confiance aveugle que l'on a
pour nôtre habit. Enfin, mon cher
frere , il n'est point de vie plus
délicieuse & plus sensuelle que
celle d'un habile Calender ; &
quand vous l'aurez goûtée une
fois, je suis bien sûr que vous
n'en choisirez jamais une autre.

C I.

QUART D'HEURE.

FAruk avoit écouté le difcours du Vieillard avec attention, quelque lieu qu'il eût
d'être affligé, il trouva fes raifons d'un très-bon fens. Vôtre
genre de vie, lui dit-il, me paroît fi agréable au feul portrait
que vous m'en faites, que je brûle déja d'être Calender, & d'en
porter l'habit. Quatre coups de
cifeaux en feront l'affaire, reprit
le plus jeune, vous n'avez qu'à
dépoüiller vôtre habit pour un
moment; Faruk le lui mit entre
les mains : il le retailla fur le
champ, & l'ayant recoufu fort
proprement, ce Prince le reprit,

& s'aggregea ainſi aux deux Calenders.

Comme il y avoit aſſez long-
temps qu'ils étoient au bord de
la fontaine, ils ſe leverent tous
trois & prirent le chemin de la
Ville la plus prochaine. Le Prince
ne pouvoit oublier ſi-tôt ſes malheurs ; il ſoupiroit de temps en
temps, & le vieux Calender s'en
étant apperçû, le lui reprocha
comme une choſe indigne de l'é-
tat qu'il venoit d'embraſſer. Allons, mon cher frere, lui dit-il,
ſouvenez-vous qu'en mettant
l'habit que vous portez, vous a-
vez dû vous dépoüiller de toute
foibleſſe humaine, & chaſſer de
votre eſprit les réflexions chagri-
nantes qui l'environnent encore ;
d'autres que nous, & moins expe-
rimentez que nous ne ſommes,
vous prioient de nous conter vos
avantures, & vous diroient ſans

doute que ce récit soulageroit
peut-être vos malheurs : mais il
n'est rien de plus faux que ce rai-
sonnement ; cela ne feroit que ra-
peller encore de fâcheuses idées
qu'il faut tâcher d'éloigner, nous
ne vous presserons pas sur cet article que nous ne jugions par vôtre
conduite , que vous serez devenu
tout-à-fait insensible à vos maux
passez. Plus de tristesse, mon cher
frere, bannissons-la de nôtre compagnie , c'est un poison mortel
pour l'ame ; ne respirons desormais que la joye , & pour tâcher
à vous l'inspirer , je veux vous raconter l'histoire de ma vie, & vous
apprendre par quelle raison je
porte cet habit; écoutez moi seulement, le chemin que nous avons
à faire vous en paroîtra peut être
plus court.

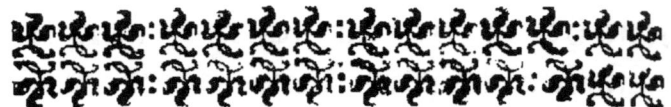

AVANTURES

Du vieux Calender.

JE suis né à Backu, * fils d'un Marchand de Ris qui demeu-roit proche un Convent de Der-viches ; mon pere étoit un hom-me assez peu rangé : il n'étoit presque jamais à sa Boutique, & comme le commerce qu'il fai-soit n'étoit déja pas trop consi-derable, il fut bien-tôt réduit à une extrême pauvreté.

---

* Backu, Ville Capitale de la Province de Schirvan en Perse, qui donne son nom à la mer de Backu : elle est sur la Côte de la mer Caspie. Il y a une chose assez singuliere auprès de cette Ville, c'est une fontaine qui jette conti-nuellement une liqueur noire dont on se sert par toute la Perse au lieu d'huile.

Un des Derviches qui venoit
quelque fois chez nous, avoit
pris amitié pour moi, il eut com-
paſſion de ma miſere, & me retira dans le Convent; de ſorte
que dès l'âge de cinq ans je ne
fus plus à charge à mon pere,
qui après avoir traîné une vie
ennuyeuſe & languiſſante, mourut enfin que j'en avois à peine
douze.

Je m'attendois à voir ma mere deſolée, & je pleurois tendrement la perte que je venois de
faire, lorſqu'elle me parla ainſi:
mon fils nos jours ſont comptez,
& vôtre affliction ne rendra pas
la vie à mon mari; ceſſez donc de
répandre des larmes pour une
perſonne qui en meritoit ſi peu,
& ne pleurez point, comme vôtre pere, un homme qui n'a jamais eu part à vôtre naiſſance.
Ce diſcours me ſurprit, je regar-

dai fixement ma mere en ce moment ; vous êtes étonné , me
dit-elle : j'en ai une juste raison ,
repliquai-je , car enfin si celui qui
vient de mourir n'étoit pas mon
pere , comme il a toujours passé
pour l'être , à qui donc ai-je obligation du jour qui m'éclaire ? au
Derviche qui vous a élevé , me
répondit ma mere , vous êtes son
fils & le mien : sans lui , il y a
long-tems qu'une affreuse misere
nous auroit accablé , puisque la
faineantise & la débauche de
mon mari m'avoient réduit à la
mendicité , même avant vôtre
naissance ; ce seul Derviche nous
a soutenu en nous fournissant
assez abondamment de quoy vivre , je n'en fus point ingrate : les
Derviches ne font rien pour rien,
& je ne me répens point de la
complaisance que j'ai eu pour
celui-ci.

                        Comme

Comme ma mere parloit encore, le Derviche entra, elle lui raconta qu'elle venoit de m'apprendre qu'il étoit mon pere, & cet homme m'embraffant avec une extrême tendreffe; mon enfant, me dit-il, foyez fage, & honorez vôtre mere, vous ne manquerez de rien : je répondis aux careffes de mon nouveau pere, & m'ennuyant de la vie que j'avois mené jufqu'alors chez les Derviches, je le priai de me laiffer auprès de ma mere; il y confentit : nous donna de l'argent pour acheter du ris, & ma mere vivant avec beaucoup d'économie, & prefque aux dépens du Convent, elle amaffa en fept ou huit ans environ quatre mille fequins.

Nous avions dans nôtre voifinage une très-belle fille, à ce que j'avois fouvent oüi dire à

ma mere ; j'en devins amoureux
fur le fimple récit fans l'avoir jamais vûë , & je cherchois les
moyens de me faire connoître
à elle , lorfque l'occafion s'en
prefenta. Le pere de cette fille
étant venu au logis faire provifion de farine de ris , il convint
avec ma mere qu'elle lui en en-
voyeroit plein un grand fac qui
contenoit environ douze boif-
feaux. Mon peu d'experience me
fit croire que c'étoit une occafion favorable de voir ma Maîtreffe ; & fans confulter que ma
folle paffion , à l'aide d'un jeune homme de mon âge , je me
mis dans le fac que je fis em-
plir de farine jufqu'au menton ;
je me fis ainfi porter fur la brune
chez Kalem ; c'eft ainfi que fe
nommoit le pere de cette belle
fille , & l'on pofa le fac dans
le coin d'une falle où l'on man-

geoit ordinairement. J'y avois
fait par le haut une petite ouverture par laquelle je pouvois
difcerner aifément tout ce qui
fe paſſeroit, il y parut un moment après un Derviche que je
ne pus voir au vifage, parce que
la lumiere ne donnoit pas de ſon
côté ; Kalem , ſa femme & la
belle Dgengiari-nar (c'étoit le
nom de ma Maîtreſſe) qui portoit alors ſous ſon bras un petit
chien , entrerent avec lui : un
Efclave étendit la nappe , & ils
fe mirent tous en devoir de faire la colation. Dgengiari-nar é-
toit juſtement vis-à-vis de moi,
j'en avois été enchanté dês le
moment qu'elle avoit paruë, &
je la regardois avec tant d'admiration , qu'oubliant devant qui
j'étois , je m'écriai étourdiment :
oh , qu'elle eſt belle ! Ces paroles qui m'échaperent fottement ,

que l'on entendit fans voir d'où
elles partoient, effrayerent extrêmement ceux & celles qui étoient
dans la falle, ils fe leverent précipitamment, regarderent par
tout, & ne faifant pas attention
au fac dans lequel j'étois, &
où je fentois bien toute mon
imprudence, ils fe remirent à faire colation, s'entretenant de la
voix qui avoit frapé leurs oreilles.

Dgengiari-nar n'avoit pas repris fa même place, je ne la pouvois voir que de côté ; j'eus encore l'impertinence de vouloir
me tourner dans le fac pour joüir
de fa vûë, mais je fus fi peu a-
droit & fi malheureux que je
culbutai avec le fac.

CII.

QUART D'HEURE.

KAlem, toute sa famille, & le Derviche furent dans un étonnement extraordinaire à cette chute, leur frayeur redoubla, mais le Derviche voyant que le petit chien de Dgengiarinar aboyoit fortement contre le sac, se douta tout d'un coup de la verité; il le releva, & en déliant l'ouverture, je parus le visage si barboüillé de farine que j'étois entierement méconnoissable. Kalem en ce moment entra dans une fureur inconcevable, il se jetta sur un poignard qui étoit attaché contre la muraille, & s'approchant de moi,

il m'alloit ôter la vie lorfque
je lui lançai dans les yeux une
poignée de farine qui en l'aveu.
glant pour un moment, me donna le tems de fauter hors du fac
en chemife & en calçon, & de
me faifir d'un fabre que je trou.
vai fous ma main ; il m'auroit
été aifé de tuer Kalem & le Derviche, & de me fauver ; & n'aïant
que ce parti à prendre, j'avois
déja le fabre levé pour l'executer, lorfqu'en jettant les yeux
fur le Derviche, que je n'avois
pas encore pû voir en face, je
le reconnus pour celui qui m'a-
voit donné le jour. Ah Derviche, m'écriai-je, en baiffant la
pointe de mon fabre, recon-
noiffez Hanif que l'amitié que
vous avez toujours eu pour lui,
vous fait regarder comme vôtre
propre fils : je fuis plus impru-
dent que criminel, j'ai aimé la

charmante Dgengiari-nar, fur la
feule reputation de fa beauté, je
n'ai point trouvé d'autre expedient pour la voir que celui qui
s'eft offert aujourd'hui, & ma
jeuneffe inconfiderée ne m'a
point permis de faire aucune reflexion avant que de me mettre
dans ce fac, puifque j'y fuis entré fans fçavoir comment j'en
fortirois.

Le Derviche fut auffi furpris
qu'on puiffe l'être de me voir en
l'état où j'étois, & Kalem en
ce moment ayant recouvré la
vûë à force de fe frotter les
yeux, me reconnut pour le fils
de celle chez qui il avoit acheté
de la farine de ris ; la pofture
dans laquelle j'étois, lui fit voir
que je vendrois cherement ma
vie fi l'on m'attaquoit ; & le Derviche l'ayant appaifé, ils ne purent enfuite s'empêcher l'un &

l'autre de rire de ma figure. Puif.
que ce jeune homme aime Dgen.
giari-nar, continua le Derviche,
accordez lui, mon cher Kalem,
la grace d'en faire fa femme : il
eft fils unique, je me fais fort
auprès de fa mere de lui faire
ceder fa boutique avec quatre
mille fequins au moins , & je
ne croi pas que vous puiffiez
trouver dans tout Bacuk un genre mieux élevé , plus honnête
homme & plus refpectueux. Ah,
m'écriai-je alors , ce n'eft pas affez que Kalem confente à mon
bonheur, j'y renonce, fi la belle
Dgengiari-nar y apporte la moindre repugnance. Cette délicateffe de fentiment charma Kalem ;
Eh bien , me dit-il, en l'embraffant, ma fille eft la maîtreffe de
vous donner la main , & fi vous
lui plaifez , elle peut dans ce
moment même décider de vôtre
fort.

sort. Il faut donc auparavant, dit le Derviche, qu'elle voye son nouvel Amant tel qu'il est ; alors m'ayant fait passer dans une autre Chambre, je m'y débarboüillai ; & Kalem qui étoit à peu près de même taille que moi, m'aïant couvert d'une de ses robes, je parus devant la belle Dgengiari-nar, qui me trouva tellement à son gré, qu'elle m'accepta pour son époux. Le Derviche qui ne vouloit pas differer mon bonheur d'un seul moment, envoya chercher ma mere sur le champ ; elle fut bien étonnée de mon avanture, elle consentit à mes desirs: on fit le Contrat, l'Iman nous maria le soir même ; je couchai chez mon beau-pere, & ma femme se trouva si contente de son mariage, qu'elle me fit servir le lendemain à déjeuner un grand plats de pieds de moutons * à la vinaigrette.

Me voïla donc, mon cher frere, marié avec la belle Dgengia‐ri‐nar, & le plus heureux de tous les hommes, lorſque je devois par mon imprudence être le plus miſerable ; tout conſpiroit à ma felicité, ma nouvelle épouſe m'adoroit ; mais ſans aucune raiſon je m'aviſai d'en devenir jaloux à un point qui paſſe l'ima‐gination. Tout m'allarmoit : ſi je la voyois parler à ma mere, je croyois qu'elle étoit de concert avec elle pour me trahir : ſi elle faiſoit quelque innocente careſſe au Derviche à qui nous avions tant d'obligation, j'oubliois en

---

* C'eſt un ragout en Turquie dont l'on reſtaure ceux qui ſont debilités par quel‐que excès : l'on a coûtume d'en ſervir aux mariés le lendemain de leurs nôces, de mê‐me maniere qu'en France on leur apporte le broüet.

ce moment qu'il étoit mon pere, & mon mauvais démon me
rendoit cette amitié criminelle :
Que vous dirai-je, enfin, pourfuivit le viéux Calender, je m'é-
xallois fans ceffe en reproches
avec Dgengiari-nar, à peine lui
laiffois-je voir le jour : & quoique je ne lui donnaffe point de
repos, il ne fortoit aucune plainte
de fa bouche.

Ma mere & le Derviche me
reprefenterent plufieurs fois l'excès de ma folie : Ce ne font point
les veroüils ni les cadenats qui
mettront vôtre honneur en fûreté, me difoient-ils ; l'honnête
femme fe garde d'elle-même, &
vos foupçons continuels feroient
plûtôt capables de la dérangerde
fon devoir que de l'y contenir.
Je n'en voulus rien croire, &
mes extravagances continuerent
à un tel point, qu'ils refolurent

N ij

de faire tous leurs efforts pour me guerir de cette manie.

Le Derviche un jour caufoit avec ma mere pendant que j'étois occupé à faire quelques memoires de marchandifes : Il nous eft arrivé depuis trois jours de Circaffie, lui dit-il par forme de converfation, un jeune Derviche d'une beauté au deffus de tout ce que l'on a encore vû à Backu ; je crois que les Pages qui dans le Paradis de nôtre Grand Prophete nous doivent prefenter le poncire * pourroient à peine lui être

---

* Mahomet promet aux bons Muzulmans un Paradis rempli de délices, dans lequel après avoir bien bû & bien mangé, des Pages d'une beauté achevée, leur prefenteront dans un plat d'or à chacun un poncire ou un citron : & les affûre que fi-tôt qu'ils auront flairé ce citron, il paroîtra une jeune fille toujours vierge & fuperbement habillée, qui les embraffera, & qu'ils refteront ainfi pendant cinquante ans, joüiffans des plaifirs les plus fenfuels.

comparés, puisque jamais on n'a
vû tant de modestie jointe à tant
de perfections : sa chambre est
toute proche de la mienne, ce
voisinage nous a lié d'amitié, &
je dois demain matin lui donner
à déjeuner : Je vous prie de m'envoyer une poule au ris de vôtre
façon, & un plat de pilau : * ma
mere lui promit de n'y pas man-
quer : elle prépara tout ce qu'il
lui falloit pour rendre ces ra-
goûts excellens, & n'oublia pas
le lendemain de les envoyer à
mon pere à l'heure dont ils é-
toient convenus. J'avois entendu toute leur conversation sans
faire semblant de rien ; curieux
de voir un si bel homme, je re-
solus d'être du déjeuner : Je n'en
dis mot à ma mere : quand les

---

* Le pilau est du ris cuit avec du beure,
de la graisse ou du jus de viande : c'est un
mets très usité dans tout l'Orient.

plats furent partis , j'entrai dans
l'appartement de ma femme qui
étoit encore au lit pour quelque
legere incommodité , & qui dormoit profondement ; je ne voulus pas la reveiller , je me contentai de la considerer quelque
tems , & fermant la porte à dou-
bles tours , j'emportai la clef
suivant ma coûtume , & m'en
allai frapper au Convent des
Derviches. Je demandai celui
qui étoit mon pere , on me dit
qu'il étoit à sa chambre ; j'y courus ; mais à peine y eus-je mis
le pied , qu'une pâle froideur me
couvrit le visage à l'aspect de son
compagnon.

CIII.

QUART D'HEURE.

JE n'y eus pas plûtôt reconnu tous les traits de ma femme, que me laiſſant tomber de foiblleſſe ſur un Sopha de jonc, & m'eſſuyant le front : où ſuis-je, m'écriai-je, & quel prodige eſt-ce ici. . . . mon pere m'interrompit en cet endroit, il ſe leva tout effrayé, & m'embraſſant tendrement, qu'avez-vous donc, mon enfant, me dit-il, & quelle ſombre vapeur vous eſt montée à la tête ? Je me ſuis trouvé un peu mal, lui répondis-je, en entrant dans vôtre chambre ; je retourne au plus vîte chez moi. Le Derviche me reconduiſit juſqu'à

N iiij

la porte du Convent. Comme il
n'y avoit que la ruë à traverſer
pour entrer dans ma maiſon, je
ne l'eus pas plûtôt quitté que je
volai à l'appartement de ma femme ; je commençai à reſpirer,
mon cher frere, quand je la trouvai au lit dans le même état que
je l'avois laiſſée il n'y avoit qu'un
moment. Mes tranſports furent
ſi vifs, que je la reveillai en ſur-
ſaut, en lui faiſant mille careſſes,
auſquelles elle répondit de la maniere du monde la plus tendre.
Je ne reſtai pas long-tems auprès d'elle , je retournai promptement au Convent , & courant
à la cellule de mon pere , j'y
rentrai en lui diſant que mon mal
étoit paſſé, & que je venois déjeuner avec lui : volontiers , me
dit-il , nous avons déja commencé ce beau Derviche de Circaſſie
& moi : Mettez-vous à table , &

muniſſez vous toujours d'un verre de vin ; je rainſſai une taſſe
de criſtal, & mon pere alloit
prendre la bouteille pour me ſervir, lorſque le Circaſſien le pre-
venant ; mon frere, lui dit-il,
permettez que ce ſoit moi qui
lui verſe à boire, je veux faire
aujourd'hui les honneurs de chez
vous. Le ſon de ces paroles me
fit fremir ; j'avois la main ſi mal
aſſurée en ce moment, & les
yeux tellement attachés ſur ce
jeune homme, dont la voix étoit
toute pareille à celle de ma femme, que je répandis tout mon
vin ſur la table & ſur moi. Je fis
en un inſtant mille réflexions
douloureuſes, & quittant bruſquement les Derviches, je ne fis
qu'un ſaut du Convent au logis,
où je trouvai ma femme encore
dans ſon lit ; j'étois ſi ému que
je ne pus lui parler : Qu'avez-

vous donc, chere lumiere de
ma vie, me dit-elle en se levant
d'effroi ; vous est-il arrivé quelque accident ; ne me laissez pas
davantage, je vous en conjure,
dans cette cruelle incertitude.

Je repris un peu mes esprits:
Ah Dgengiari-nar, m'écriai-je,
ce que je vois & ce que j'entens
est-il bien croyable ? Eh, que
voyez-vous donc, & qu'enten-
dez vous, répliqua-t-elle ? Satis-
faites au plûtôt ma curiosité:
Non, lui dis-je, je me trompe
sans doute ; je veux encore es-
sayer si mes yeux sont de fideles
témoins de ce qui vient de se
passer au Convent des Derviches:
Je la quittai alors, & refermant
la porte, comme je l'avois déja
fait, je retournai plus tranquille
vers mon pere : Je vous demande
excuse, lui dis-je en entrant, de
l'incivilité que je viens de com-

mettre, fi je vous ai quitté avec
tant de précipitation, c'eſt que
j'avois oublié de laiſſer de l'argent à ma mere pour faire un
payement que l'on doit venir
chercher dans un quart d'heure;
Je fuis à prefent libre de toutes
mes affaires, & je ne demande
pas mieux que de me réjoüir avec
vous. Et bien foit, reprit mon
père, nous pourrons donc paſſer
ici toute la matinée dans le plaifir : goûtez de ce plat de pilau,
auquel nous n'avons pas encore
touché, car la poule au ris a été
expediée pendant le temps que
vous avez été chez vous. Je voulus en ce moment manger du
pilau ; mais jettant les yeux fur
le Circaſſien, au moment que je
le portois à ma bouche, il me
fut impoſſible de l'avaller, tant
mon étonnement redoubla : c'é-
toit le vray portrait de Dgengia-

ri-nar : le gefte , la voix , tout
en un mot concouroit à me faire croire qu'il ne s'étoit jamais
rien trouvé de fi femblable. Qu'-
avez vous donc , mon fils , me
dit alors le vieux Derviche, vous
marquez dans toutes vos actions
une inquietude & une agitation
fi extraordinaire , que je ne fçai
que penfer de vous aujourdhui :
Eh , n'en ai-je pas une jufte raifon , répliquai-je , en voyant ce
jeune Circaffien ? qui diable ne
s'imagineroit pas que c'eft ma
femme ? je vous avoüe que j'ay
couru chez moi pour en être plus
certain : Je l'ai toutes les deux
fois trouvée au lit, cela devroit
me raffurer , & cependant je fens
que je ne fuis pas encore maître
des mouvemens jaloux qui me
dechirent l'ame.

Les deux Derviches à une déclaration fi ingenuë , firent de

longs éclats de rire ; Je ne sçavois comment soûtenir cette plaisanterie, lorsque le jeune Circassien m'entreprit : Quoi, Seigneur, me dit-il, un peu de ressemblance entre vôtre femme & moi peut-elle ainsi vous troubler la cervelle ? Et faut il que la jalousie vous domine au point de faire les extravagances dont nous sommes spectateurs en partie depuis une heure ? Que je plains le sort de vôtre épouse, elle doit avoir toute la vertu possible pour ne se pas revolter contre vos indignes soupçons. Je pardonne volontiers une jalousie de délicatesse ; mais de la pousser jusqu'où ce bon Derviche m'a conté qu'alloit la vôtre, en verité, Seigneur, vous prenez le vrai chemin de donner envie à vôtre femme de vous punir comme vous le meritez.

J'écoutois le fermon du jeune Derviche avec une extrême con. fufion : Je commençois à rou. gir de ma conduite paffée, & je prenois quâfi la refolution d'a. bandonner Dgengiari-nar à fa propre vertu, lorfque ce nou. veau Predicateur en s'agitant, me fit appercevoir qu'il avoit contre l'oreille un figne tout pareil à celui de ma femme.

A cette vûë ma frenefie me reprit de plus belle : Je fis un cri qui furprit les Derviches ; ah, je fuis trahi, m'écriai je, & mes foupçons n'étoient que trop bien fondés ! Quelle fubite fureur s'empare donc de vôtre ame, me dit mon pere ? êtes-vous fol, ou bien.... Je ne lui donnai pas le temps d'achever fa remon-trance ; Je m'échappai de fes mains, je fortis promptement de fa chambre, & je me rendis

chez moi où je trouvai ma femme qui faifoit Labdeft, * je m'ap-
prochai d'elle avec une émotion
extraordinaire, & examinant la
marque qu'elle avoit contre l'o-
reille : je frappai dans mes mains
en levant les yeux au Ciel, &
je penfai m'évanoüir : ma mere
qui étoit dans la boutique atte-
nant l'appartement de ma femme, accourut à fes cris ; elles
s'informerent l'une & l'autre du
fujet de mon mal & de mes frequentes forties ; mais je ne voulus pas encore leur en déclarer
les raifons : ayez foin feulement,
je vous prie, dis-je à ma mere,
de nous apprêter à dîner, je vais
engager le beau Derviche de
Circaffie & fon Compagnon à
vouloir en être ; je vous expli-

---

* Labdeft ou l'ablution, eft une cérémonie
à laquelle les Orientaux ne manquent jamais,
& fur-tout le matin.

querai devant eux tout ce qui
m'eſt arrivé aujourd'hui, & vous
conviendrez qu'il ne ſe peut rien
de plus ſingulier.

Je les quittai alors, & retour-
nant au Convent, j'y trouvai encore mon pere à table avec ſon
ami. Il faut, leur dis-je, que je
vous faſſe connoître toute l'étenduë de ma foibleſſe ; le ſigne que
ce beau Derviche a contre l'oreille, avoit reveillé toute ma jalouſie, ma femme en a un ſi ſemblable
au même endroit, que j'ai encore
cru que je la voyois ſous cet habit : j'ai couru m'en éclaircir ;
graces au Ciel je l'ai trouvée qui
ſe purifioit, & tous mes ſoupçons
étant finis, je reviens avec vous
d'un eſprit tranquille en atten-
dant le dîner que je vous prie
d'accepter chez moi ; je veux y
faire convenir ce jeune Derviche, que ne pouvant être Jumeau
de

de ma chere Dgengiari-nar, puiſque ſes pere & mere n'ont jamais
eu qu'elle d'enfant, la nature a
produit en eux une reſſemblance
ſi parfaite en tout, qu'il eſt impoſſible de ne s'y pas méprendre.
Très-volontiers, reprit le jeune
Circaſſien ; rien ne me peut faire plus de plaiſir ; je ſuis curieux
de voir cette reſſemblance ſi extraordinaire, dont le Derviche
mon camarade ne convient pas
tout-à-fait ; mais ce ne ſera que
aux conditions qu'aucun mouve-
ment jaloux ne troublera nôtre
joye, car je ſuis en humeur de
me réjoüir, & peut-être ce pourroit bien être à vos dépens. Oh,
je vous promets, interrompis-je,
que vous ſerez les maîtres chez
moi, ma reſolution eſt priſe, j'ai
ſouffert ſi cruellement aujour-
d'hui dans tous les combats que
j'ai eu à ſoûtenir, que je veux

vivre deformais tranquillement.
C'eſt le meilleur parti que vous
puiſſiez choiſir, repliqua ce jeune homme; ſi j'étois femme, &
que j'euſſe envie de tromper
mon mari, il auroit beau faire,
toutes ſes précautions devien-
droient inutiles; c'eſt une choſe
dont je vous convaincrai tantôt
chez vous. Vous m'obligerez,
lui dis-je, je ferai mes efforts
pour vous y bien recevoir, &
vous ne ſçauriez me rendre un
plus grand ſervice que de me
guérir radicalement de ma jalouſie.

Je paſſai une couple d'heure
fort agréablement avec les deux
Derviches; mais celle de dîner
s'approchant, je les quittai pour
aller tout faire préparer chez
moi Je voulus avant l'arrivée
de mes Conviés me faire auprès
de ma femme un mérite de m'

conversation, & l'aſſûrer qu'elle
joüiroit deſormais d'une honnête liberté ; mais, mon cher frere, quel fut l'excès de mon étonnement en ouvrant la porte de
ſa chambre dont j'avois toujours
eu la clef ſur moi, quand je ne
l'y trouvai plus.

CIV.

QUART D'HEURE.

SI ma surprise fut extrême de ne point voir ma femme où elle devoit être, elle augmenta bien en trouvant à sa place les deux Derviches que je venois de quitter au Convent. Je restai immobile de frayeur à cette vûe, & je serois infailliblement tombé à la renverse sans ma mere qui suivoit mes pas, & qui me retint dans ses bras : Je fus long-temps sans pouvoir proferer une seule parole ; mais à la fin ayant un peu repris mes sens : O ciel, m'écriai-je ; rêve-je, ou le demon qui m'a persecuté toute la matinée, prend-il encore plaisir à me fafciner les yeux ? Non non, mon cher Hanif, repliqua le vieux Derviche que je vous ai dit être mon pere, vous êtes bien éveillé ; un peu d'artifice feulement a part à tout ceci : vôtre jaloufie étoit fi ridicule , que nous avons entrepris de la faire ceffer : j'ai concerté avec vôtre mere & vôtre femme , tout ce qui s'eft paffé ce matin dans ma chambre ; vous avez merveilleufement répondu à nos intentions, & le beau Derviche qui vous a tant inquieté n'eft autre que l'incomparable Dgengiarinar : Cela vous paroît fans doute difficile à comprendre , & je fuis fûr que vous avez peine à ajouter foi à ce que je vous dis : mais il eft facile de vous donner là-deffus les éclairciffemens neceffaires. Eh , je vous en conjure , repris-je précipitament, ex-

pliquez-moi au plûtôt comment
il e ft poffible que ma femme fe
trouve dans fon lit & dans vôtre chambre, & qu'au même moment je la voye en deshabillé de
nuit, & fous les vêtemens d'un
Derviche : je vais vous donner
cette fatisfaction, me dit mon
pere.

Dgengiari-nâr n'ignore plus ce
que je vous fuis ; j'ai été obligé
de lui déclarer le fecret de vôtre
naiffance pour parvenir à ce que
nous fouhaitions d'elle. Il faut
que vous fçachiez que le défunt
mari de vôtre mere étoit quelque
fois jaloux ; fes brufqueries à
contre-temps dérangeoient fouvent les mefures que nous avions
prifes pour nous voir, cela nous
chagrinoit ; & comme en qualité de Bourfier de nôtre Convent, je ne manquois point d'argent, je choifis le temps que ce

brutal étoit allé à la campagne
pour une quinzaine de jours , &
je fis faire par des ouvriers , du
fecret defquels j'étois fûr , un
fouterrain qui communique de
ma chambre à cet appartement-
ci par deſſous la ruë qui eſt fort
étroite , deux trappes avec des
contre-poids en font l'affaire ;
l'on paſſe dans ma Cellule , en
moins de ſix minutes par celle
que vous voyez ; au lieu qu'en
prenant le chemin ordinaire , il
faut traverſer toute nôtre Cour ,
qui eſt aſſez longue , ouvrir &
fermer des portes,& vous pouvez
à preſent facilement juger s'il a
été impoſſible à vôtre femme de
ſe revêtir d'un habit de Derviche,
de le quitter & de ſe r emettre au
lit dans l'intervalle qu'il vous
a fallu faire le grand tour pour
entrer dans nôtre Convent , ou
pour en ſortir : & pour parvenir

pliquez-moi au plûtôt comment
il e ſt poſſible que ma femme ſe
trouve dans ſon lit & dans vôtre chambre, & qu'au même moment je la voye en deshabillé de
nuit, & ſous les vêtemens d'un
Derviche : je vais vous donner
cette ſatisfaction, me dit mon
pere.

Dgengiari-nàr n'ignore plus ce
que je vous ſuis ; j'ai été obligé
de lui déclarer le ſecret de vôtre
naiſſance pour parvenir à ce que
nous ſouhaitions d'elle. Il faut
que vous ſçachiez que le défunt
mari de vôtre mere étoit quelque
fois jaloux ; ſes bruſqueries à
contre-temps dérangeoient ſouvent les meſures que nous avions
priſes pour nous voir, cela nous
chagrinoit ; & comme en qualité de Bourſier de nôtre Convent, je ne manquois point d'argent, je choiſis le temps que ce

brutal étoit allé à la campagne
pour une quinzaine de jours , &
je fis faire par des ouvriers , du
secret desquels j'étois sûr , un
souterrain qui communique de
ma chambre à cet appartement-
ci par dessous la ruë qui est fort
étroite , deux trappes avec des
contre-poids en font l'affaire ;
l'on passe dans ma Cellule , en
moins de six minutes par celle
que vous voyez ; au lieu qu'en
prenant le chemin ordinaire , il
faut traverser toute nôtre Cour ,
qui est assez longue , ouvrir &
fermer des portes, & vous pouvez
à present facilement juger s'il a
été impossible à vôtre femme de
se revêtir d'un habit de Derviche,
de le quitter & de se remettre au
lit dans l'intervalle qu'il vous
a fallu faire le grand tour pour
entrer dans nôtre Convent , ou
pour en sortir : & pour parvenir

jufqu'à cet appartement. Voici,
mon fils, tout ce grand myftere
découvert : au refte, ce n'a point
été fans peine que j'ai fait confentir Dgengiari-nar à cette fu-
percherie ; elle aimoit mieux encore fouffrir toutes vos extravagances, que de s'expofer à vôtre colere ; mais je l'y ai déterminée, en l'affûrant que fi vous
preffiez mal la chofe, & que cette
rude épreuve ne vous corrigeât
pas, vous ignoreriez toujours la
tromperie que nous vous aurions
faite, & que je ferois promptement reprendre au beau Derviche
le chemin de Circaffie.

Nous avons, je crois, réuffi,
mon fils, continua le Vieillard,
puifque vous nous avez affûré
que vous renonciez pour jamais à vos folies, perfonne en
effet n'avoit moins de raifon
que vous d'être jaloux. Vôtre
femme

femme eſt ſage ; elle a pouſſé
avec vous la complaiſance au-
delà de l'imagination ; mais
quand elle ne le ſeroit pas ,
jugez , mon cher Hanif , par
l'experience que vous venez de
faire , de quoy l'amour eſt capable. Il n'eſt point d'inventions
qu'il ne trouve pour mettre un
jaloux hors de garde ; & le plus
ſûr eſt de ſe repoſer ſur la vertu
& ſur la fidelité de ſa femme :
je ſçai bien que cette maxime
n'eſt pas de miſe dans tout l'O-
rient , mais autre choſe eſt d'y
vivre ſuivant l'uſage ordinaire,
qui veut que les femmes n'y pa-
roiſſent gueres en public , ou de
les traiter avec la défiance inju-
rieuſe dont vous avez uſé avec
Dgengiari-nar. Vous avez outré
la jalouſie juſqu'à prendre om-
brage de moi qui ſuis vôtre pere ; l'amitié que vôtre mere por-

toit à fa Bru vous a allarmé, Eh,
mon fils, qui plus que nous doit
prendre part à vôtre honneur?
cependant vous avez eu affez de
foibleffe pour croire que nous
cherchions à le détruire.

J'étois fi furpris & fi confus,
pourfuivit le vieux Calender,
que je ne fçavois que répondre
au fage difcours du Derviche:
ah, mon pere, m'écriai-je, que
je vous fuis fenfiblement obligé
d'avoir travaillé à ma guerifon,
& d'y avoir fi bien réüffi : je
conçois aujourd'hui toute la force de vôtre raifonnement, & je
meurs de honte de la conduite
que j'ai tenuë jufqu'à prefent,
mais je vais reparer mes fautes
par des manieres fi oppofées,
que la belle Dgengiari-nar s'en
loüera autant qu'elle a eu fujet
de s'en plaindre ; alors me jettant aux pieds de ma femme qui

étoit encore vêtuë en Derviche,
je lui demandai pardon de mes
jalousies ridicules dans des termes si tendres , & où je mar-
quois si bien mon repentir, que
je tirai des larmes de ma mere &
de mon pere.

Dgengiari-nar qui ne pouvoit
aussi s'empêcher d'en répandre,
me releva promptement ; mon
cher Seigneur , me dit-elle , si
je vous ai toujours aimé malgré la dureté avec laquelle vous
m'avez traitée quelques-fois, jugez à quel point doit monter mon
amour aujourd'hui , que vous
m'assurez d'un changement qui
fait tout mon bonheur : elle as-
saisonna ce discours de caresses
si vives , que je l'embrassai mille
fois , & que dans les transports
de ce plaisir , je m'écriai : non,
ma chere Dgengiari-nar , il n'y
a nulle difference du zephir du

Printems au doux souffle de vôtre bouche qui raffraîchit l'ame
& le cœur. Je suis devenu tout
autre , & je ne veux plus désor-
mais employer les plus doux momens de ma vie , qu'à chercher
tous les moïens de vous plaire.

Mon pere & ma mere étoient
charmez de mon changement.

CV.

QUART D'HEURE.

RIen au monde n'étoit capable de faire plus de plaisir au Derviche & à ma mere, que de me voir corrigé de mes folies par leur moyen, & Dgengiari-nar en reffentoit une joye inexprimable. L'on fervit le dîner, qui fe paffa avec tout l'agrément poffible ; & depuis ce tems je tins exactement la parole que j'avois donnée.

Je vêcus ainfi avec mon époufe près de treize ans, pendant lefquels le Derviche & ma mere moururent. Tous les enfans que j'avois eu de Dgengiari-nar n'avoient pas vêcu long-tems. Je la perdis enfin auffi, mon cher frere après une maladie de quatre mois, & vous pouvez juger fi je fus fenfible à la mort d'une femme d'un merite fi diftingué ; tous mes amis vinrent chez moi pour me confoler de mon chagrin, mais ce qu'ils ne purent faire fut l'ouvrage du tems. Comme il vient à bout de tout, il l'effaça infenfiblement de mon efprit : Je ne fongeai plus qu'à me divertir ; & me livrant tout entier au plaifir, je tombai peu à peu dans la débauche.

La negligence que j'eus pour mes affaires, fit qu'elles fe dérangerent. Je me trouvai au bout de deux ans accablé de dettes, & hors d'état de fatisfaire mes créanciers, & n'ayant point d'autre parti à prendre que celui de la fuite. Je vendis fourdement tous mes effets à moitié de perte, & je me fauvai de Backu déguifé en Calender. Je me trouvai fi bien de cet habit dès le premier jour, que je réfolus de ne le point quitter. Il y a près de trente ans que je le garde fans avoir jamais eu deffein de m'en défaire. j'ai parcouru avec lui toute la Perfe & la Tartarie, où il m'eft arrivé un nombre infini d'avantures trop longues à vous raconter. J'ai deffein de faire le voyage des Indes & de la Chine, & je me fuis affocié pour cet effet depuis deux mois avec ce jeune homme qui s'eft fait Calender à mon imitation, & dont les avantures font pour le moins auffi fingulieres que les miennes.

Quand le vieux Calender eut achevé de parler, Faruck, Seigneur, qui avoit pris un plaifir infini à l'entendre, le remercia de fa complaifance : Il ne fe peut

rien de plus original que vôtre
hiſtoire, lui dit-il, & quelqu'aſ-
ſurance que vous m'en donniez,
je doute fort que celle de vôtre
Compagnon puiſſe l'égaler. Vous
en allez décider, reprit le jeune
Calender.

AVANTURES

Du jeune Calender.

MA mere, car je vous dirai
que je n'ai jamais connu
mon pere, j'étois trop jeune
quand il mourut ; ma mere,
dis-je, étoit de Schiraz, * elle y
faisoit un assez gros commerce
de lait, de beurre & de fromage, qu'elle tiroit de troupeaux
qui lui appartenoient, & qu'elle
m'envoyoit vendre à la Ville,
mais je me lassai bientôt de ce
mêtier. Il y avoit deux ans ou
environ qu'il étoit arrivé des
Indes une troupe de Come-

---

* Schiraz, Ville Capitale de Perse.

diens * qui reprefentoient leurs
Pieces ordinairement dans le milieu du Marché, où ils débitoient
enfuite plufieurs remedes qu'ils
prétendoient être merveilleux
pour toute forte de maux. Comme ils fçavoient fort peu la langue Perfane, ils ne joüoient d'a-
bord que des Scenes de Panto-
mimes & faifoient vendre leurs
drogues par un interprete ; mais
peu à peu étant parvenus à fe
faire entendre , ils s'acquirent
une telle reputation , qu'il n'y
avoit perfonne qui ne les vît
avec plaifir. Je ne me trouvois
point à Schiraz que je n'allaffe
à leurs Comedies, & j'y pris
tant de goût que je me propofai d'entrer dans leur Troupe,

* Les Baladins & les Comediens font fort
communs dans les Indes ; ils joüent avec
beaucoup d'efprit ; & la plûpart du tems
fans préparation, à peu près comme les
Comediens Italiens,

J'avois naturellement du talent pour le Théatre, je les priai de me donner quelque petit rôle, ils m'en choisirent un fort plaisant dans la premiere piece qu'ils representerent, & je m'en acquittai si bien au gré de tous les Spectateurs, que je me crus bientôt capable d'entreprendre les personnages les plus difficiles : je contrefaisois sur tout l'yvrogne à merveille, & je representois le Niais & le Sot avec tant de naïveté, qu'on m'eut pris pour un vrai habitant de Syvri Hissar. Enfin, mes chers freres, les Scenes les plus bouffonnes n'avoient point de grace à moins qu'elles ne fussent dans ma bouche.

Je ne me contentai pas de la qualité d'excellent Acteur, j'y voulus encore joindre celle d'Auteur. Jusqu'alors nous n'avions joüé que des lambeaux de

Comedies , & presque sans aucune préparation ; je résolus de
lier les Scenes , & d'en faire une
piece suivie : j'y réüssis , & mon
coup d'essai fut un coup de
maître. Je donnai une petite
farce intitulée le Cadis dupé :
en voici le sujet en deux mots.

Un Cadis de Candahar * fort
avare a une fille très-jolie, dont
un jeune Persan est passionnément
amoureux ; ce Cadis a promis sa
fille à un vieux Musulman fort
riche : le Persan desesperé de perdre sa maîtresse , après avoir
cherché differens moïens pour
rompre un mariage qui va faire
tout le malheur de sa vie, ne trouve point d'autre expedient que
de venir consulter le Cadis qui

---

* Candahar, Ville Capitale d'une Province
du même nom ; elle a esté prise & reprise
plusieurs fois par les Indiens & par les Perses,
à qui enfin elle est restée.

ne le connoît pas , sur un en-
levement qu'il veut faire ; ce
Juge trouve d'abord le procedé
très criminel , & se met fort
en colere ; mais une bourse d'or
qu'on lui presente , l'adoucit &
lui fait donner par écrit une
espece de consultation , par laquelle il est d'avis que la fille
dont il s'agit soit enlevée , attendu la disproportion d'âge de
celui avec qui on la veut unir,
& que le mariage est le but du
Ravisseur ; & par le moyen d'une
seconde bourse qu'il reçoit , il
fait deffenses au pere de la fille
de faire aucune poursuite contre
son amant , à peine de cent
coups de bâtons sur la plante
des pieds. L'on suit sa consultation , ou pour mieux parler,
son Ordonnance à la lettre. Le
jeune Persan enleve sa fille , &
le Cadis dupé se trouve obligé

de confentir qu'elle époufe fon
jeune Amant.

Voilà le plan de ma piece;
mais j'y pleignois en détail l'a.
varice du Cadis, avec des cou.
leurs fi naturelles, felon moi,
fur tout dans une fcene où je
faifois le fot à ravir, que je
voudrois de bon cœur que vous
euffiez vû la reprefentation de
cette Comedie. Eh, reprit Faruk, un Auteur Comedien ne
doit-il pas fçavoir fes pieces par
memoire & d'un bout à l'autre?
qui vous empêche de nous donner cette fcene fi comique? Ah,
frere, répliqua le jeune homme,
elle n'auroit pas la grace qu'elle
a eu fur le Théatre : Et qu'im-
porte, repliquerent les deux
autres Calenders, nous nous
prêterons au deffaut des Acteurs
nous fçavons bien qu'il n'eft pas
aifé à un feul homme de faire

differens perſonnages. Puiſque
vous le ſouhaitez , dit ce nouveau Comedien , je vais vous
ſatisfaire.

Imaginez-vous donc d'abord
voir le Cadis ſeul & chez lui ,
ſe plaindre de ce que l'on eſt
trop ſage dans Candahar , & que
les affaires criminelles ſur tout,
ne donnent pas cette année ; j'en-
trois dans ſa Chambre avec un
de mes Camarades habillez en
Villageois : Nous paroiſſions l'un
& l'autre fort eſſoufflés , & nous
deſeſperions le Cadis par une ſcene muette fort plaiſante ; à la
fin impatient de ne nous voir
parler que par ſignes , & curieux
de ſçavoir de quoi il s'agiſſoit :
Voici de quelle maniere il s'exprimoit.

Le Cadis.

Il faut sans doute que ces deux marauts-là soient yvres ou muets avec leurs signes ausquels je ne comprends rien.

Le premier Païsan.

C'étoit moi, mes chers freres, qui joüoit ce rolle.

Oh, c'est vôtre grace, Seigneur, j'ons courus.... jusqu'ici avec tant de diligence.... pour.... Ah; que je sis essoufflé: Compere raconte toi-même la chose au Cadis; tu l'y défrichera mieux que moi tout ce que j'ons vû.

Le Cadis.

Peste soit de la pecore.

Le

Le second Païsan, en pleurant.

Pargué dis toi-même fi tu peux, je fis tout hors de moi, & fi par-turbé.

Le Cadis.

Ces lourdauts viennent ici, je crois, pour me faire defespe-rer, parleras-tu marouffle ? dis donc ce que tu as vû.

Le premier Païsan.

La, la, doucement, Seigneur, vous vous rechauffez la bile ; car, comme dit fort bien Locman * dans fon livre des animaux.

---

* Il y a un Recüeil de Fables fous le nom du fage Locman, & ce que les Orientaux en difent a beaucoup de conformité avec ce que les Grecs ont écrit d'Efope. Il eft cer-tain que Locman étoit Abiffin, & qu'il joignoit à une vivacité d'efprit extraordi-naire, une prudence & une fageffe confom-

Le Cadis.

Eh coquin, laiſſe-là Locman
& ſes animaux; qu'ont de commun ſes fables avec ce que tu
as à me dire ?

Le premier Païſan.

Vous avez raiſon, mais quand
on a un peu d'eſprit, on charche
à le mettre en lumiere, & ſi vous
ne m'aviez pas interrompu, j'allois vous comparer à un âne.

Le Cadis.

Inſolent.... Mais il ne faut pas

mée. Mahomet a parlé de lui dans la trente-
uniéme Sourate, ou dans le trente-uniéme
Chapitre de l'Alcoran, que l'on appelle la
Sourate de Locman. Il y a des Auteurs O-
rientaux qui prétendent que ce Locman é-
toit fils d'une ſœur de Job, & d'autres qui
aſſûrent qu'il étoit contemporain de David,
& qu'il a demeuré très long-tems à ſa Cour

prendre garde aux difcours de ce
fot? Eh, mon ami, finis, je te
prie, & apprends moi quel fujet
t'amene ici?

Le premier Païfan.

Oh, très volontiers ! eh, que
ne parlez vous ? Or donc, je venions vous dire que comme
j'allions mon compere & moi....
tout en dandinant, j'ons vûs....
en pleurant : Ah le cœur me fei-
gne quand j'y penfe, & je fuis
fi attendri que je ne fçaurois
achever.

Le Cadis.

Tu acheveras, pendard, ou je
vais te faire affommer : holà,
quelqu'un.

Le premier Païfan.

Eh, la la, Seigneur, puifque
vous ne voulez pas feulement

me donner le tems de reprendre mon vent, je vous dirai, pour vous le faire court, & fans aucun prélambule, que . . . . tenez je gage avec tout vôtre efprit, que vous ne fçauriez deviner ce que c'eft que j'ons vû.

Le Cadis le prenant à la gorge.

Bourreau que tu es, tu veux donc me faire enrager tout vif?

Le premier Païfan.

Haye haye : & bien-lâchez-moi, Seigneur, je vous dirai aufli-tôt que je venons de voir tuer un homme.

Le Cadis.

Ah, je refpire, bon, tant mieux, voila de quoi payer mon fouper.

Le second Païfan.

Ah, Seigneur, le mal que j'y trouve, c'eft que le mort é- toit mon gendre, parce qu'il a- voit époufé ma fille, & il ne pou- voit rien m'arriver de pis.

Le Cadis.

Tant mieux, vous dis-je ; voilà une très-bonne affaire.

Dans le moment arrivoit un Archer du Lieutenant du Cadis.

L'Archer.

Seigneur, nous venons d'ar- rêter un affaffin hors des portes de Candahar.

Le Cadis.

Vîte vîte, ma Robe & mon

Turban : *aux Païsans* , avez-vous
des Témoins ?

Le premier Paisan.

Oh que oüi , laissez-nous faire , j'en avons de reste.

Le Cadis.

Cela étant , je vais dans le
moment même me transporter
sur les lieux ; mais il faut auparavant sçavoir quelle est la condition du Criminel.

L'Archer.

C'est.

Le Cadis.

Eh bien.

L'Archer.

Seigneur, c'est un garçon du
Village le plus prochain.

Le Cadis.

Un garçon de Village : me

voila bien chanceux : eſt-ce à des
coquins comme cela à tuer ; ah je
ſuis au deſeſpoir , il n'y a pas là de
l'eau à boire pour moi ; *à ſes Va-*
lets , tenez vous autres , reprenez
ma Robe & mon Turban.

Le premier Païſan.

Mais morgué partons donc ;
pendant que je ſommes ici à
lantiponer , le criminel ſe ſau-
vera peut-être.

Le Cadis.

Eh bien , ſauve qui peut , il
n'y a rien de ſi naturel que cela ,
auſſi-bien , ma foi , le jeu ne
vaudroit pas la chandelle.

Le ſecond Païſan.

Mais ſi ,

Le Cadis.

Qu'on mette dehors ces importuns qui me rompent la tête.

Le Lieutenant du Cadis.

Seigneur, bonne nouvelle, un homme vient d'être aſſaſſiné.

Le Cadis.

Je le ſçai.

Le Lieutenant.

Eh bien, vous n'y courez pas?

Le Cadis.

Nous avons du tems de reſte, il ſera jour demain.

Le Lieutenant.

Oüi, mais.

Le Cadis.

Qu'on ne m'en parle plus.

Le

Le Lieutenant.

Seigneur , je fuis furpris de vôtre indifference, la bête a bon pied.

Le Cadis.

Comment ?

Le Lieutenant.

Eft-ce que vous ignorez que l'affaffin conduifoit des Moutons au marché ?

Le Cadis.

Des moutons ?

Le Lieutenant.

Oüi vraiment?

Le Cadis.

Eh bien, qu'en as-tu fait ?

Le Lieutenant.

Belle demande , j'ai tout mis

Tome III. R

d'abord en prison *à demy bas*, un Novice auroit fait garder exactement le coupable, mais moi instruit par vôtre exemple, je lui ai donné les moyens de se sauver, & j'ai retenu les moutons.

Le Cadis.

Vîte ma Robe, mon Turban; que l'on bride ma Mule; *au Lieutenant*, va tu seras un jour un Juge d'importance, *aux Païsans*, & vous bêtes que vous êtes, que ne me disiez-vous d'abord que l'assassin avoit des Moutons?

Le premier Païsan.

Par ma figue, je ne pensions pas qu'il en fût plus criminel pour avoir des Moutons.

Le Cadis.

Si fait , fi fait : un homme affaſſiné ! & des Moutons ? il ſuffit, rien ne peut m'émouvoir ! & je veux faire un exemple. . . . des Moutons !

Le premier Païſan.

Oüi , Seigneur , il merite la mort ; mais pour les Moutons , ils ne font pas coupables, & *en pleurant* , je vous demandons grace pour eux.

Le Cadis.

Non non, point de quartier ; il faut que Juſtice ſoit faite ; j'entre dans ce Cabinet avec mon Lieutenant , attendez-moi un moment ici.

R ij

Le second Payfan.

Pargué vla qu'eft drôle, c'eft l'entendre ça, drès qu'on a des moutons le procès eft tout fait; c'eft autant de pendu.

Le premier Payfan.

Eh margué compere pendant que la fortune nous rit, & que le Cadis eft dans fon himeur maffacrante, vengeons-nous de de nôtre voifin Kaleb qui nous fait toujours queuque niche.

Le premier Payfan.

Le Matois a plus de cent cinquante Moutons, vla une belle occafion pour nous défaire de ly, ou tout au moins pour ly faire bailler la baftonnade.

Le second Payfan.

Alle eſt bonne, oüi ma foy ;
baillons ly la pouſſée ; il ſera
bienheureux d'en être quitte
pour des coups de bâtons, & je
rirons bien enſuite à ſes dépens.

Voilà, mes chers freres, continua le Calender, un échan-
tillon de ma Piece, j'entrodui-
ſois enſuite le jeune Perſan, qui
pour de l'argent tiroit de l'avare
Cadis une conſultation ſi contraire au mariage, qu'il meditoit
avec le vieux Muſulman, mais
je ne vous reciterai point cette
ſcene, quoiqu'elle ſoit aſſez ori-
ginale ; il vous doit ſuffire que
je vous aye fait voir de quoi
je ſuis capable ; je reviens à
mon hiſtoire. Ah, permettez au-

R iij

paravant , lui dit Faruk , que je vous assure que je n'ai rien vû de plus joli que les scenes que vous venez de nous donner....

Vôtre loüange est bien mode-rée , reprit le Calender Auteur ; ma Piece d'un bout à l'autre est excellente , enchantée , & tous nos meilleurs Auteurs comiques n'ont rien fait de plus parfait & de plus naturel : tout Schiraz sçut me rendre cette justice , mais le Cadis de cette Ville auquel je n'a-vois jamais pensé en faisant ma comedie , en jugea autrement : il crut s'y voir peint d'après na-ture , & entrant dans une colere épouvantable contre les Come-diens , & contre l'Auteur , il nous chassa tous de Schiraz, & nous deffendit sous peine de la vie d'y jamais représenter au-cune piece de Theâtre. Je pas-serai legerement sur quelques

coups de bâton que je reçûs par
ordre du Cadis au nom de nôtre
Troupe. Mes Camarades n'entrerent point en part avec moi
fur cet article ; c'étoit un préci-
put que j'eus en qualité d'Auteur
fatirique ; les autres profits furent
également partagez entre nous.
Je leur propofai de nous aller
établir dans quelqu'autre Ville
où les Cadis euffent l'efprit
mieux fait ; mais ils me traiterent
avec tant d'aigreur, quelque excufe que je leur fiffe , que je refolus de renoncer au métier , &
de reprendre celui que je faifois avant que d'être Comedien.

Je retournai donc chez ma
mere qui me reçût à bras ou-
verts ; j'avois amaffé de l'argent
pendant près d'un an que j'avois
joüé la Comedie.

CVI.

QUART D'HEURE.

J'Employai une partie de cet
argent à faire emplette de
beftiaux, & refolu de me donner
mes aifes, je ne voulus plus aller à pied vendre mon beure
& mon fromage ; pour cet effet
j'achetai à Schiraz un petit Mulet
qui me coûta dix fequins d'or :
je m'en retournois tranquillement deffus ma nouvelle monture , chaffant devant moi un
méchant cheval borgne qui portoit ordinairement nôtre beure
au marché , lorfqu'à un quart de
lieuë de la Ville, je rencontrai
un homme qui me demanda fi
je venois de Schiraz ; vous voïez

bien , lui dis-je , que j'en fors :
Vous venez fans doute , repli-
qua-t'il , de faire quelque emplette au marché : j'y ai acheté ce
Mulet , lui répondis-je. Quel
Mulet ? Eh parbleu , celui fur lequel je fuis monté ; parlez-vous
ferieufement ? très ferieufement ,
il me coûte dix fequins d'or :
cet homme fe prit alors à rire
de toute fa force , il eft bon là ,
pourfuivit-il , celui qui a vendu
cette bête n'eft pas niais , de livrer un Afne pour un Mulet , il
continua enfuite fon chemin vers
Schiraz en faifant de grands é-
clats de rire.

J'eus pitié de cet homme , &
je le regardois comme un fou ,
lorfqu'une demi lieuë plus loin ,
un autre me fit à peu près la
même demande , je lui répondis
comme j'avois fait au premier ,
mais , quand je lui eu dis que

j'avois acheté ce Mulet ; me prenez - vous pour un fot, me repliqua - t'il, & prétendez - vous
me faire croire qu'un Afne eft un
Mulet : je voulois lui foutenir
qu'il étoit dans l'erreur, mais fe
mettant en colere, & m'injuriant,
il paffa fon chemin, & me laiffa
fort étonné.

Je commençai tout de bon
à croire qu'on pouvoit bien m'a-
voir trompé, je defcendis de
deffus ma monture, je l'exami-
nai d'un bout à l'autre, je trouvai, felon moi, que c'étoit un
Mulet ; mais me défiant de moi-
même, & ne voulant pas tout-
à fait m'en rapporter à mes yeux,
je me promis de faire décider
la queftion par le premier que
je rencontrerois dans mon chemin, & je jurai que s'il jugeoit
en faveur de l'afne, je lui en
ferois préfent fur le champ.

Je n'eus pas fait trois cens pas
que je vis venir une espece de
Villageois : frere, lui dis-je, é-
claircis-moi d'un doute où je suis,
apprens-moi je te prie, sur quelle
bête je suis monté ? Voilà une
plaisante demande, me répon-
dit-il ; ne le sçais-tu pas mieux
que moi ? que je le sçache ou
non, repliquai-je, oblige-moi de
me le dire. Eh bien, reprit le
Villageois, il n'est pas difficile
de connoître que c'est un Asne.
Je restai confus de cette réponse, je descendis de dessus l'animal que j'avois acheté pour un
Mulet ; & je priai mon Villageois de l'accepter en pur don,
le drôle ne se le fit pas dire deux
fois. Il me remercia, ne fit qu'un
saut sur ma bête, lui donna deux
coups de talons, & s'éloigna comme un éclair.

J'arrivai à pied & tout triste,

au logis, ma mere qui s'apperçût de mon chagrin, m'en demanda le sujet. Je le lui racon-
tai ; elle ne put se tenir d'en rire :
Innocent que tu es, me dit-elle ;
ne vois-tu pas bien que ce sont
trois fripons déguisez, qui se sont
partagés sur le chemin de Schiraz , & se sont donnés le mot
pour t'attraper ton Mulet : il faut
que tu sois d'une grande simpli-
cité pour avoir donné dans un
piége si grossier. La raillerie de
ma mere me piqua au vif ; je
compris en ce moment que je
m'étois laissé duper, & resolu
de me venger de mes fripons à
la premiere occasion. Je retournai au marché le sur-lendemain,
je les y reconnus, quoiqu'ils eus-
sent changé d'habits ; & comme
il me parut qu'ils n'étoient pas
des plus fins , par deux ou trois
tours de leur mêtier dont je fus

témoin', je remis ma vengeance à une autre fois.

Après avoir bien pris mes mesures, & communiqué mon dessein à ma mere, je mis une paire de paniers vuides sur le dos d'une Chevre noire & blanche que j'avois achetée d'un de mes voisins, & je m'en allai au marché de Schiraz avec elle. Je n'y fus pas plûtôt arrivé que mes trois filoux m'apperçurent de loin & m'entourerent, croyans bien-tôt trouver leur dupe. Je feignis de ne les pas voir, j'achetai un gigot de mouton, un dindon & trois poulets ; & les mettant dans les paniers de ma Chevre : Mignonne, lui dis-je assez haut pour être entendu d'eux, va-t'en au logis, dis à ma Cuisiniere qu'elle accommode ce gigot au ris, qu'elle mette ce dindon à la daube, qu'elle

me fasse une fricassée de ces
poulets ; qu'elle n'oublie pas sur
tout , de faire une excellente
Tarte pour le dessert , & qu'elle
mette huit bouteilles de vin rafraîchir : je donnai alors un coup
de houssine à la Chevre qui s'é-
loigna de moi en bondissant.

C V I I.

QUART D'HEURE.

LEs trois Compagnons fu-
rent auſſi ſurpris qu'on puiſſe l'être ; eh croyez-vous, frere,
me dit l'un d'eux que cette bête
execute ainſi vos ordres ; ſans
doute, repliquai-je, ce n'eſt pas
ici une Chevre du commun : elle
ſçait mes intentions, & je ſuis
ſûr qu'elle n'y manquera pas
d'une ſyllabe. Ils ſe prirent à rire ;
il n'y a pas à plaiſanter, leur
dis-je ſerieuſement, ſi vous en
doutez, venés dîner avec moi
tous trois, vous connoîtrez bien
ſi je vous en impoſe. Les filoux
me prirent au mot ; curieux de
voir une choſe ſi extraordinaire,

ils ne me quitterent pas d'un moment. Nous fimes plusieurs tours dans le marché, j'y fis quelques legeres emplettes, enfuite nous prîmes enfemble à pied le chemin de chez moi ; je n'y fus pas plûtôt arrivé, que parlant à ma mere, pour mieux les tromper, comme fi elle eut été ma Cuifiniere : Eh bien, lui demandai-je, la Chevre eft-elle arrivée ? Il y a long-tems, me dit-elle, qu'elle eft de retour; elle broute les choux du Jardin, & vôtre dîné feroit déja prêt, fi ceux que vous avez prié n'avoient pas envoyé dire qu'il leur eft furvenu des affaires qui les empêcheront d'être des vôtres pour aujourd'hui : cependant le gigot eft prefque cuit, il ne faut pas plus d'une demie heure pour achêver la daube, la fricaffée de poulets eft toute prête, la tarte

eft

est dans le four , & les bouteilles que vous avez ordonné sont dans la neige. Cela est fort bien , lui répondis-je : Voilà trois Messieurs qui me consoleront du défaut de Parole de mes conviez , vous servirez vôtre dîné quand il vous plaira.

Mes Hôtes resterent dans un étonnement sans pareil de la réponse de ma mere ; ils entrerent dans le Jardin , & reconnoissant la Chevre avec ses paniers , aux marques qu'elle avoit sur le corps & qu'ils avoient bien examinez , il resolurent de l'avoir à quelque prix que ce fut.

L'on servit bien-tôt après le dîner ; je fis boire copieusement mes filoux qui ne se défioient de rien : & sur la fin du repas l'un d'eux m'ayant demandé si je ne voudrois pas bien leur vendre ma Chevre. Je ne parus pas

autrement m'en éloigner, pourvû que j'en trouvaffe un prix rai-
fonnable. Ils propoferent d'a-
bord de m'en donner vingt piéces
d'or : je rejettai ces offres bien
loin. Enfin, mes chers freres, je
joüai fi bien mon perfonnage,
que je tirai d'eux tout l'argent
qu'ils avoient, & qui fe montoit
à foixante & quelques fequins.

Nous bûmes tout de nouveau
le vin du marché, & mes compagnons demi yvres me quitterent enfin fur le foir bien contens
de l'achat de leur Chevre. Ils
voulurent dès le lendemain matin éprouver fi elle leur feroit
auffi obéiffante qu'elle me l'avoit
été la veille.

Ils la chargerent comme j'a-
vois fait, lui donnerent leurs ordres, elle partit, mais ils l'attendirent inutilement, elle ne retourna point chez eux.

Il faut ici, mes chers freres, vous déveloper ce myftere. Un de nos proches voifins avoit deux Chevres blanches tache-tées de noir, mais fi femblables l'une à l'autre, qu'il étoit im-poffible d'en faire la difference ; je les lui avois achetées dans le deffein de me venger de mes fripons. J'avois fait part de mes intentions à ma mere ; je lui a-vois donné mes ordres pour le diner, s'il m'eft permis de parler ainfi, & après avoir attaché l'une des Chevres dans mon Jardin : j'avois conduit l'autre au mar-ché où j'avois fait emplette de viandes toutes pareilles à cel-les que j'avois fait preparer chez moi ; j'en avois chargé ma Che-vre, & après lui avoir recom-mandé de tout porter au logis, je l'avois abandonnée à quicon-que avoit voulu s'en emparer,

& je ne fçai entre les mains de qui elle étoit tombée. Mes ordres furent fi bien fuivis , ma mere joüa fi naturellement fon rôle , & l'autre Chevre que mes filoux trouverent dans mon Jardin étoit fi femblable à celle qu'ils avoient vû à Schiraz , qu'ils crurent bonnement qu'il y avoit quelque chofe de furnaturel dans cette bête , & qu'ils l'acheterent bien cher , comme je vous l'ai déja dit , mais elle eût le même fort que fa jumelle , quelqu'un fans doute s'en accommoda , & de tous les vivres qu'ils avoient mis dans fes paniers.

Je ne doutois point , quand ils fe veroient trompez qu'ils ne vinffent chez moi me redemander leur argent , je les attendois de pied ferme fans les apprehender. Ils heurterent à ma porte avec menaces : j'ouvris moi

même, & leur demandant avec
douceur la caufe de leur colere,
j'appris d'eux qu'elle provenoit
de la perte de leur Chevre ; ne
l'aviez-vous pas ce matin, leur
dis je , étrillée de la main gauche , comme je vous le fis dire
hier par ma Cuifiniere, elle courut après vous pour vous inftruire de cette condition eſſen-
tielle que le vin que nous avions
bû m'avoit fait oublier de vous
apprendre en concluant nôtre
marché. Quelle Cuifiniere , repliquerent-ils ? nous n'avons vû
perſonne de chez vous, & nous
n'avons eû garde d'étriller la Chevre de la main gauche, puiſque
nous n'étions pas informez de
cette ceremonie. J'appellai en ce
moment ma mere qui arriva en
tremblant, voyant la colere où
je feignois être : Pourquoi mal-
heureuſe , m'écriai-je , n'as-tu

pas dit hier à ces Meſſieurs, comme je te l'avois ſi préciſe-ment ordonné, qu'ils ne manquaſ-ſent pas d'étriller leur Chevre de la main gauche, ainſi que je le faiſois tous les matins. Mon cher Maître, me dit-elle, en ſe jettant à mes genoux, j'ai bien eû in-tention de le faire, mais il n'a pas été en mon pouvoir d'en venir à bout, j'ai couru long-tems après eux, je n'ai jamais pû les atteindre. Ah coquine, repliquai-je, voilà de vos tours ordinaires, vous vous êtes ſans doute amuſée avec quelque voi-ſine, & vous me ruinez par vô-tre negligence ; mais je jure par Mahomet que vous ne la por-terez pas loin : alors la ſaiſiſſant par les cheveux, je tirai un poi-gnard que j'avois à la ceinture, & je lui en portai un ſi furieux coup dans le ventre, que je la

jettai à la renverfe ; elle fut dans
un moment toute en fang, &
mes trois filoux fe trouverent fi
étonnez, que je vis l'heure qu'ils
s'alloient fauver : Seigneurs, leur
dis-je, cette friponne ne meritoit
pas moins qu'un tel châtiment ;
au refte que fa mort ne vous
effraye pas, je fuis le maître de
lui rendre la vie dans le moment
même ; mais comme elle n'en
vaut pas la peine, obligez-moi
de m'aider à l'enterrer dans mon
Jardin.

Les trois compagnons fe regarderent l'un l'autre quelque
tems fans parler ; mais l'un d'eux
rompant le filence. Quoi, me
dit-il, il eft en vôtre pouvoir
de faire revivre cette pauvre femme ? Sans doute repris-je : Eh de
grace, faites ce miracle devant
nous, & nous vous quitterons
de la Chevre : J'hefitai de leur

donner cette satisfaction, ils m'en presserent. On ne peut refuser de si honnêtes gens , continuai-je , alors ouvrant une cassette, j'en tirai un petit cors de chasse , & j'en jouai deux ou trois airs gais aux oreilles de la défunte.

CVIII.

CVIII.

QUART D'HEURE.

MA mere parut peu à peu s'animer à mesure que je joüois ; enfin elle se leva sur son seant au bout d'un quart d'heure , sans paroître aucune-ment incommodée du coup de poignard , & laissa mes filoux si étonnez de cette merveille , & si envieux de mon cors qu'ils rê-voient déja entr'eux aux moyens de me le dérober. Ils s'informe-rent de qui je tenois un instru-ment si miraculeux ; je leur ré-pondis que je l'avois acheté cent quatre sequins d'un Etranger , & qu'il m'avoit dit , en me le vendant , qu'il perdroit sa ver-

tu fi on me l'enlevoit de force,
mais qu'il auroit toujours le même effet en le cedant à un autre,
pourvû que j'en reçûſſe huit ſequins au par deſſus de ce qu'il
m'auroit coûté, parce qu'en paſ-
fant ainſi de main en main, il
étoit eſſentiel qu'il augmenta de
huit ſequins, qu'originairement
il n'en avoit pas coûté davantage, & qu'en comptant ſur ce pied,
j'étois le treiziéme à qui il alloit
appartenir.

Mes voleurs furent bien camus
à cette nouvelle, ils mouroient
d'envie d'avoir le cors; mais ils
n'auroient pas voulu l'acheter
fi cher; cependant ils ſe reſolu-
rent d'y mettre l'argent, & me
prierent avec tant d'inſtance
de le leur ceder pour les cent
douze ſequins, qu'après pluſieurs
difficultez, j'en reçûs cette ſom-
me. Ils s'en retournerent ſur le

champ chez eux ; & comme ils
demeuroient tous trois enſemble,
ils firent venir leurs femmes, ſe
mirent à table, & y paſſerent le
reſte de la journée. Vers la nuit,
& ſur la fin du repas, qu'ils é-
toient échauffez de vin, ils reſo-
lurent d'éprouver la vertu de
leur cors, & chercherent pour
cet effet querelle à leurs femmes;
elles patienterent d'abord, mais
quelques soufflets donnez avec
aſſez de vigueur les animant contre leurs maris, il n'y eut aucun
défaut qu'elles ne leur repro-
chaſſent, & les menacerent même d'avertir le Cadis de la conduite qu'ils tenoient ; c'étoit juſtement ce que les drôles attendoient. A ces menaces ils feigni-
rent d'entrer dans une fureur extrême, & jouant chacun du coûteau en même tems, ils égorge-
rent leurs femmes, qui au fonds

ne valoient gueres mieux qu'eux, elles ne furent pas plûtôt éten- duës fur le carreau, qu'ils voulu- rent faire l'operation merveilleu- fe du cors, ils eurent beau en fon- ner l'un après l'autre aux oreilles de ces miferables, elles n'en re- muërent pas davantage pour cela. Ils recommencerent à fonner tout de plus belle ; mais voyant que c'étoit fans aucun effet, ils virent bien en ce moment qu'ils s'étoient joüez à plus fin qu'eux, & conçûrent, comme il étoit vrai, qu'il falloit que je n'euffe percé à ma Cuifiniere qu'une veffie pleine de fang. Les voilà enragez, non-feulement d'être ma dupe, mais encore d'avoir tué leurs femmes, & de ne fça- -voir qu'en faire ; ils déliberoient fur la maniere dont ils s'en dé- baraferoient, & fur les moyens de fe venger de moi, lorfque le

Lieutenant du Cadis qui avec quelques Azzas paſſoit par leur ruë, & avoit entendu ſonner du cors, frappa à leur porte pour ſçavoir d'où provenoit ce bruit qui interrompoit le ſommeil des voiſins.

Les trois filoux ſe crurent perdus, ils furent ſi effrayez que loin d'ouvrir, ils chercherent à ſe ſauver, mais le Lieutenant du Cadis ayant fait enfoncer la porte, & voyant ces trois corps baignez dans leur ſang, il fit ſaiſir les coupables, & ordonna à ſes Archers de les conduire en priſon. Ils avoient bonne intention d'executer ſes ordres, mais je ne ſçai comment l'un des trois leur échapa : les deux autres répréſenterent vainement au Cadis qu'ils avoient été trompez ; & qu'ils n'avoient pas cru que leurs femmes en dûſſent mourir tout-

à-fait. Il écouta l'hiſtoire du cor
comme une fable , & j'eus le plai.
ſir le lendemain de voir mes filoux pendus devant leur porte.

Quelque content que je fuſſe
de ma vengeance , la fuite du
troiſiéme m'inquiétoit , j'apprehendai qu'il ne me joüât quelque mauvais tour. Je me tins ſur
mes gardes pendant un aſſez long
temps ; mais enfin malgré mes
précautions , je ne pus éviter de
tomber entre ſes mains.

Un ſoir aſſez tard que je re-
venois de Schiraz , je fus malheureuſement rencontré par ce
maître coquin ; il étoit ſi bien
déguiſé , que je ne pouvois le
reconnoître ; mais il n'en fut pas
de même à mon égard , il ne
m'eut pas plûtôt apperçû, que me
ſaiſiſſant au collet aidé de trois
ſcelerats comme lui , ils me jetterent dans un grand ſac que

l'un d'eux portoit fur fon bras,
le lierent avec de bonnes cordes, & me chargerent fur leurs
épaules, dans l'intention, à ce
que j'entendis, de m'aller jetter
dans la riviere de Baudemir. * Je
comptois bien, mes cheres freres,
que c'étoit-là le dernier moment
de ma vie, & je me repentois
fort d'avoir voulu me venger
de la perte de mon Mulet, lorfque mes fripons ayant entendu
le bruit de quelques cavaliers,
ne fe crurent pas en fûreté, ils
me jetterent dans un trou qui
n'étoit pas bien éloigné du chemin, me défendirent de pouffer la moindre plainte, & s'é-
loignerent dans le deffein de
venir me reprendre bien-tôt. Je
me recommandois à nôtre grand
Prophete de bon cœur, mais
je n'avois pas tant d'efperance

* Cette riviere paffe anprès de Schiraz.

en lui feul, que malgré l'ordre
de ces coquins, je n'invoquaffe
encore l'aide des paffans.

Un Boucher qui chaffoit devant lui une trentaine de moutons, paffa heureufement par cet
endroit.

CIX.

QUART D'HEURE.

MEs cris attirerent le Boucher au lieu où j'étois ; il me demanda ce que je faisois dans ce sac, & pourquoy je me lamentois ainsi ? Helas, repris-je tristement, je crois qu'on me va noyer, parce que je ne veux pas épouser la fille du Cadis. La fille du Cadis ? Eh pourquoy, bête que tu es, me dit-il, fais-tu difficulté de l'accepter pour ta femme, elle passe pour une des plus belles filles de Schiraz ? Une petite délicatesse m'en empêche, lui répondis-je ; elle est grosse, ce n'est point de mon fait, & le Cadis, qui veut mettre son

honneur à couvert, prétend que
je repare une faute que je n'ai
point commife ; mais j'aime cent
fois mieux mourir que de recevoir un tel affront : la pefte foit
du bufle, reprit le Boucher, je
ne me ferois pas moi tirer l'o-
reille pour cela ; je voudrois
être à ta place, j'épouferois bien
vîte ; la chofe eft fort aifée, lui
dis-je, tu n'as qu'à te mettre dans
ce fac : oh volontiers Monfieur
le fot, repliqua le Boucher, je
vous donne encore mes moutons par deffus le marché ; mais
quand j'y fonge, le Cadis vou-
dra-t-il bien confentir à cet é-
change ? Il ne cherche qu'un
gendre, lui répondis je ; il avoit
ordonné à fes Efclaves d'arrêter
le premier paffant, & de s'informer s'il étoit marié, parce
que le Galant de fa fille étant
mort depuis peu de jours, il ne

sçavoit comment reparer son honneur. Le sort est tombé sur moi, l'on m'a conduit devant lui, mais le gros ventre de sa fille m'a tout d'un coup dégoûté du mariage; à peine m'a-t-il envisagé seulement, & dans sa colere, il a ordonné qu'on m'alla jetter dans la riviere à moins que je ne changeasse de sentiment. Si cela est, frere, je troque volontiers de condition avec toi, me dit-il; alors il délia le sac, se mit à ma place: je le liai à mon tour, & chassant ses moutons devant moi, je repris le chemin de mon Village.

Au bout environ d'une demi-heure, mon voleur revint avec ses camarades pour reprendre le sac. Le Boucher qui étoit dedans eut beau leur crier : eh, Messeigneurs, menez-moi au Cadis, j'ai changé de sentiment;

j'épouferai fa fille fi groffe qu'elle
foit : ils crurent que la frayeur
me faifoit dire ces folies , & fans
lui répondre , ils l'allerent jetter
dans la riviere de Baudemir où
il finit fes jours. J'en ai regret
quand j'y penfe , mais au bout
du compte , j'aime encore mieux
qu'il y foit que moi. Les voleurs
enfuite refolus de piller mà maifon , tournerent leurs pas vers
nôtre Village ; ils y arriverent
dans le moment que je frapois
à ma porte , & ma préfence leur
caufa une fi grande frayeur qu'ils
penferent tomber à la renverfe :
oh ciel , s'écrierent-ils , quel prodige eft-ce ici ? comment n'es tu
pas noyé ? d'où viens-tu ? & où
as-tu pris tant de moutons ?

Franchement je ne m'attendois
pas à voir fi-tôt ces fcelerats ; je
fus d'abord interdit ; mais païant
tout d'un coup de préfence d'ef-

prit : allez, leur dis-je, vous n'êtes
que des ânes , fi vous m'aviez
jetté feulement quatre braffes
plus loin dans la riviere , au lieu
d'une trentaine de moutons que
j'ai, j'en aurois ramené plus de
trois cens. Qu'eſt-ce que cela fignifie, repliquerent-ils ? cela fignifie, répondis-je, qu'il y a un
Génie bienfaifant fous les eaux
en cet endroit qui m'a reçû fort
gracieufement , qui m'a fait préfent de ces moutons, qui m'a
rapporté icy avec eux, & qui
m'a affûré que fi j'étois tombé
dans l'eau un peu plus avant ,
j'en aurois rapporté huit fois davantage.

Les voleurs furent bien furpris à cette nouvelle ; ils parle-
rent bas entr'eux pendant quelque temps, & l'un d'eux enfuite
elevant fa voix : il y a fans doute quelque myftere là - deffous ,

dit-il à fes compagnons ; car enfin nous fommes fûrs d'avoir
jetté ce jeune homme dans la
riviere : il n'avoit aucuns moutons : nous n'avons eû que le
tems de venir jufqu'ici ; il s'y retrouve encore avant nous avec
trente moutons , & fes habits
ne paroiffent pas feulement avoir
été moüillés ; pour moi je crois
que la chofe merite bien que nous
jugions de cette merveille par
nous mêmes : alors fe tournant
vers moi , n'as-tu pas ici quelques facs , continua-t-il ? j'en
ai, je crois, lui répondis-je, une
demi-douzaine , c'eft trop de
deux, repliqua-t-il, ferre tes moutons , prens tes quatre facs,
& viens avec nous. Je leur obéïs
de bon cœur ; il me menerent
jufqu'à l'endroit où ils croyoient
m'avoir porté dans la riviere:
ils allerent même chercher un

petit bateau afin que je les puſſe
jetter plus avant ; ils entrerent
chacun dans leur ſac, dont je
liai fortement l'ouverture, & ſe
laiſſerent précipiter dans le Baudemir pour aller pêcher des moutons. Depuis ce moment, mes
chers freres, je n'ai point eû de
leurs nouvelles.

Je m'en retournai enſuite tranquillement chez moi pleinement
vengé de mes fripons. J'y fis bonne chere avec leur argent & les
moutons du pauvre Boucher :
mais ma fortune ne fut pas de
longue durée, ma mere mit un
ſoir malheureuſement pour nous
le feu dans l'étable, il ſe com-
muniqua en peu de tems, & fit
un tel ravage qu'il brûla non-ſeulement nôtre maiſon, mais ſept
autres encore. Ma mere qui ſe
voyoit par-là reduite à la derniere miſere, en mourut de cha-

grin ; pour moi qui avois un talent, je refolus de chercher à en vivre : je partis de Schiraz dans le deſſein de joindre quelque troupe de Comediens qui courent les Villes de Perſe. Je fis rencontre de ce vieux Calender ; nous marchâmes quelques journées enſemble, ſa converſation &. ſon genre de vie me plurent ; je me ſuis fait Calender comme lui, & nous avons entrepris le voyage des Indes, où je ne deſeſpere pas de reprendre le mêtier de Comedien, ſi je me rrouve un jour las de porter cet habit.

Faruk, Seigneur, continua Ben-Eridoün avoit écouté l'hiſtoire du jeune Calender avec un plaiſir infini. … Je le crois bien, interrompit le Roi d'Aſtracan, il ne ſe peut rien de plus plaiſant que les avantures des deux Calenders

Calenders, & je ne doute point qu'elles n'ayent pû suspendre la douleur que ce Prince avoit de la perte de son Royaume, puisque moi qui ai plus lieu d'être affligé qu'il ne l'étoit, je n'ai nullement songé à mes malheurs pendant un recit aussi comique ; mais reviens, je te prie, à Faruk, cet infortuné Prince m'interesse tellement, que je brûle de sçavoir la suite de son histoire. Très volontiers, Seigneur, répondit le fils d'Abubeker ; il m'est aisé de satisfaire vôtre curiosité.

SUITE DE L'HISTOIRE

De Faruk.

FAruk & les deux Calenders avoient déja presque traversé toute la Perse sans qu'il leur
fut arrivé aucun accident digne
d'estre raconté à vôtre Majesté,
lorsqu'un jour que pour éviter
la brûlante ardeur du soleil, ils
avoient quitté le chemin ordinaire, & s'étoient retirez dans
un petit bois pour y prendre
leurs repas, ils entendirent les
plaintes d'une personne que l'on
maltraitoit, ils y coururent d'a-
bord, mais ils arriverent trop
tard pour secourir un malheureux voyageur que quatre assas-

fins venoient de poignarder.
Comme ces fcelerats étoient
bien armez, ils ne s'enfuirent
pas à la vûë des Calenders, au
contraire, ils dépoüillerent celui qu'ils venoient de tuer, &
l'un d'eux opina qu'il le falloit
couper par morceaux. Faruk eut
horreur de cette inhumanité :
Eh, Seigneurs, leur dit-il hum-
blement, ne devez-vous pas
être contens d'avoir privé cet
homme de la vie fans vouloir
encore exercer fur fon corps
une cruauté qui n'a point
d'exemple ; de grace ne pouffés
point vôtre fureur jufqu'à ce
point.

L'un des affaffins regarda fie-
rement Faruk ; malheureux Calender, lui dit-il, qui te mêle
de ce que tu n'as que faire,
garde tes remontrances pour
d'autres que pour nous : fi tu

as quelque amour pour la vie,
éloigne-toi seulement de ce
lieu avec tes camarades, &
crains en differant de m'obéïr,
que je ne t'envoye tenir compagnie à celui pour lequel ta
pitié s'interesse si mal-à-pro-
pos.

Le Prince de Gur ne s'é-
tonna pas des discours de cet
homme ; mais, Seigneur,
continua-t-il, quelques soient
les mouvemens de vôtre rage, si je vous proposois deux
mille sequins pour la rançon de
de ce corps mort, n'aimeriez-
vous pas bien mieux les recevoir que de l'outrager ainsi.
Sans doute, reprit le voleur:
& bien jurez-moi que vous m'a-
bandonnerez le corps mort,
& je vous les fais toucher dans
un moment ; ah, je le jure,
poursuivit cet homme, que le

Scorpion de Kàchan * nous
puiſſe tous quatre piquer à la
main, ſi nous ne te tenons
parole : livre nous les deux mille ſequins ; ce corps eſt à ta
diſpoſition. Faruk alors, Seigneur, tirant de ſon ſein la
ſeule Bague qui lui reſtoit, &
qui valoit beaucoup plus qu'il
ne leur avoit promis, la leur
donna ſans aucun regret, &
ces malheureux abandonnant
de bon cœur le corps de celui
qu'ils venoient d'aſſaſſiner, ſe
retirerent.

Les deux Calenders furent
extrêmement étonnez de l'action de Faruk, & ne purent
s'empêcher d'admirer ſa gene-

---

* Kachan eſt une Ville de Perſe où il
y a des Scorpions ſi dangereux qu'ils ont
donné lieu à ce proverbe, parce qu'il eſt
preſque impoſſible de guerir de leurs pi-
qures.

rofité óu fa folie , car ils lui
donnoient plûtôt ce dernier
nom que le premiér.

C X.

QUART D'HEURE.

QUelle eſt donc votre in-
tention , lui dirent - ils ?
cette ſeule Bague vous reſte de
tous vos biens ; c'eſt une reſ-
ſource pour vous dans la derniere miſere , & vous la donnez
pour racheter un corps mort :
ſe peut il au monde rien de plus
extravagant, car enfin que pré-
tendez-vous faire de ce corps?
Je veux , leur répondit Faruk ,
lui donner la ſepulture dans cet
endroit ; les bonnes œuvres ne
ſont jamais perdues , & vous
m'avez dit vous-mêmes , que
dans le genre de vie que j'em-
braſſois , cette Bague m'étoit

abſolument inutile : pourquoi
voulez vous donc pour une pierre qu'il a plû aux hommes de
nommer precieuſe , & qui ne ſert
que d'un ornement ſuperflu , que
je manque l'occaſion de m'acquitter d'un devoir auſſi ſaint que
celui de couvrir de terre un Muſulman qui ſera peut être un jour
mon interceſſeur auprès de
Dieu?

C'eſt fort bien penſé , repri-
rent les Calenders , mais ne trouvez pas mauvais que nous vous
laiſſions ſeul vous acquitter de
ce pieux devoir , il eſt un peu dangereux d'enterrer ici un homme
aſſaſſiné , & l'on pourroit inter-
preter fort mal une ſi bonne action. Nous allons vous attendre
à la ſortie de ce bois , & ſi
vous tardez trop , nous vous re-
trouverons avant le coucher du
ſoleil aux portes d'Ormus , dont
nous

nous ne fommes plus éloignez que d'une lieuë.

Les Calenders fortirent effectivement du bois dans lequel Faruk avec un pieu travailla de toutes fes forces à faire une foffe pour mettre le corps mort. Il étoit encore dans cette occupation quand la brigade du Cadis d'Ormus vint à paffer par ce lieu. Comme l'on juge prefque toûjours dans la vie fur les apparences, on arrêta Faruk, prefumant que c'étoit lui qui venoit d'affaffiner celui qu'il vouloit enterrer. Il eut beau prendre le ciel à témoin de fon innocence, on le lia à la queuë d'un cheval, & on le conduifit ainfi à Ormus, où il fut jetté dans une obfcure prifon.

Les deux Calenders l'avoient vû paffer en cet état : nous lui avions bien prédit fon malheur,

Tome III. X

fe dirent-ils, & il n'a que ce
qu'il s'eft attiré par fon obftina-
tion, ils le fuivirent de loin,
mais ayant peur d'être impli-
quez dans une affaire auffi délicate, ils n'oferent hazarder de
folliciter pour lui.

On laiffa le Prince de Gur
toute la nuit dans un affreux
Cachot ; on l'en tira le lendemain pour être prefenté au Cadis, il en fut interrogé : tout
ce qu'il pût dire pour fa juftifi-
cation ne fut pas écouté. Il fut
condamné à mort, & conduit
fur le champ dans la grande place d'Ormus pour y être pendu.

Ce Monarque au pied de la
potence, écouta fon arrêt fans
s'émouvoir : ô ciel, s'écria-t-il,
après cette lecture, vous êtes
juftes ? Faut-il que je fois puni
d'une action qui merite recom-
penfe devant Dieu, & que les

criminels joüiffent des fruits de
leurs crimes? Ah! fages Calenders, vous aviez bien raifon de
me détourner de donner la fe-
pulture à ce corps mort.

Comme le Prince achevoit
ces paroles, il jetta par hazard
la vûë fur la main du Cadis,
qui avoit voulu être prefent à
cette exécution, & lui reconnoiffant au doigt la Bague dont il
avoit fait préfent aux affaffins:
Ah, Seigneur, lui dit-il, le grand
Prophete qui s'intereffe fans doute en ma faveur, ne veut pas
qu'un innocent periffe, voilà à
vôtre doigt la Bague que j'ai
donnée à ceux qui après avoir
poignardé le Mufulman, vouloient encore exercer fur fon
corps une cruauté inoüie. Il vous
eft maintenant facile de trouver
les coupables, & deux Calenders de mes camarades qui doi-

vent être à préfent dans Ormus
les reconnoîtront auffi-bien que
moi.

Le Cadis devint plus pâle que
la mort à cette nouvelle, il fit
furfeoir le fupplice du Prince de
Gur, on le reconduifit chez lui,

CXI.

QUART D'HEURE.

J'Eus l'honneur de vous dire hier, Seigneur, reprit Ben-Eridoün, que le Cadis d'Ormus s'étoit trouvé bien surpris quand Faruk l'assûra qu'il avoit sa Ba-gue; il avoit lieu de l'être, puis-qu'il la tenoit de son propre fils unique, qui la luï avoit venduë deux mille trois cens sequins, & que ce fils avoit la réputation d'être fort débauché, & de fre-quenter des scelerats. La pre-miere chose que fit ce Juge en rentrant chez lui, ce fut de faire chercher son fils. Un Esclave lui dit qu'il étoit à se réjoüir avec dix ou douze de ses amis dans

un Jardin hors de la Ville. Le
Cadis s'y tranſporta ſur le champ
& les faiſant tous arrêter , il les
préſenta à Faruk , pour voir s'il
pourroit reconnoître parmi eux
les meurtriers en queſtion. Ce
Prince les enviſagea l'un après
l'autre , & en remettant deux
malgré leurs déguiſemens ; c'eſt
à l'un de ces deux-ci , Seigneur.
dit - il au Cadis , en lui mon-
trant ſon fils , que j'ai donné
ma Bague pour l'empêcher d'outrager le cadavre : c'eſt lui & l'un
de ces jeunes débauchez qui ont
commis le meurtre , dont deux
Calenders & moi avons eſté témoins ; pour les autres compli-
ces de leur crime , je ne les trouve point dans la compagnie de
ces gens - cy , & pour peu que
vous doutiez , Seigneur , de mes
paroles , faites chercher dans
Ormus mes deux camarades ;

s'ils ne reconnoiſſent pas les coupables , je veux perdre la vie dans les tourmens les plus cruels. Il fut aiſé de trouver les Calenders ; on les conduiſit dans le Jardin où étoit le Cadis. Ils examinerent les douze priſonniers ; & ayant confirmé la dépoſition de Faruk , ils furent ſurpris , ainſi que le Prince, de voir le Cadis déchirer ſa robe & ſon turban , & ſe jetter le ventre contre terre : Ah , malheureux pere , s'écria ce Juge , à qui l'accuſation des Calenders ne pouvoit être ſuſpecte , faut-il livrer ton fils unique à un ſupplice infame ! Non perfide , lui dit-il , je m'épargnerai l'ignominie , mais tu n'en mourras pas moins, & je ſerai ton propre bourreau ; Alors ſe jettant ſur le ſabre d'un des Archers , il en abattit la tête à ce ſcelerat, & après avoir fait

avoüer dans les tourmens aux
onze autres prisonniers mille crimes affreux ; il les fit mourir ,
en les précipitant d'une haute
Tour sur des crochets de fer , &
laissa dans Ormus un exemple
terrible de sa justice.

Ce Juge integre & plein d'honneur , ne pouvoit penser sans fremir au jugement qu'il avoit rendu contre Faruk ; ah ciel, s'é-
crioit-il , sans cette Bague j'allois donc donner la mort à un
innocent ? que nos lumieres sont
bornées , & qu'il est aisé de se
préoccuper dans la charge où je
suis ? C'en est fait , j'y renonce ,
& je vais desormais toute ma vie
demander pardon à Dieu des fautes que j'y ai pû commettre par
ignorance , par prévention , ou
par défaut d'application ; alors
s'adressant à Faruk , qui quand il
avoit montré au Cadis celui à

qui il avoit donné fa Bague, ignoroit qu'il lui dût être fi cher.
Pieux Calender, lui dit-il, quit-
tez cet habit, & prenez auprès
de moi la place du fcelerat que
je viens de punir de tous fes crimes. Je vous donne tous mes
biens , puifque vous en fçavez
faire un fi bon ufage; acceptez-
les, je vous en conjure ; & faites
que je n'emporte pas dans le
tombeau où je fuis prêt à defcendre , le déplaifir de me voir
refufé par vous.

Faruk, Seigneur, attendri au
difcours de ce malheureux pere ,
fe jetta à fes pieds ; ma préfence, lui dit-il, genereux Cadis ,
vous rappelleroit fans ceffe dans
l'efprit la trifte mort de vôtre
fils : permettez plûtôt que j'éloi-
gne de vos yeux un objet. . . .
Au contraire , reprit ce Juge,
elle en effacera un fouvenir que

la solitude où je veux vivre deformais me rendroit toujours
prefent, ne m'abandonnez pas,
je vous le repete encore, fi vous
avez quelque pitié d'un pere infortuné. Le Cadis embraffoit tendrement Faruk, en lui faifant
cette priere ; & le Prince ne pouvant refifter à fes larmes, lui accorda tout ce qu'il voulut.

Voilà donc le Roi de Gur a-
dopté par le Cadis, & dans l'o-
bligation de finir fes courfes à
Ormus. Il n'en fut pas de même
des autres Calenders : quelque
belle propofition que le Prince
leur fit pour les y retenir, il n'en
pût venir à bout ; ils fuivirent
le deffein qu'ils avoient de paffer aux Indes & à la Chine, &
tout ce que Faruk en pût obtenir,
ce fut de leur faire accepter à chacun deux mille fequins d'or.

Le Prince de Gur, Seigneur,

vivoit heureux & tranquille avec
le Cadis , qui s'étoit dépofé lui-
même malgré les oppofitions du
Roi d'Ormus ; il avoit pour lui
toute la complaifance & la véritable tendreffe d'un fils, & ce
bon homme fe loüoit tous les
jours d'avoir fait un fi bon choix :
mais il joüit peu du fruit de fon
adoption : il tomba dangereufe-
ment malade au bout de huit
mois , & remit enfin fon ame jufte
entre les mains de l'Ange de la
mort.

Faruk en conçût une véritable
& fincere affliction. Il examina
enfuite à quoi pouvoit monter
tout fon bien , & trouvant qu'il
étoit affez confiderable , il en fit
deux parts , en prit la moitié
pour lui , & employa l'autre à
faire bâtir une Mofquée , & un
Caravanferail aux portes d'Ormus. Il y fit enterrer tout auprès

son bienfaicteur, & lui dreſſant lui-même une épitaphe magnifi.que, elle fut gravée ſur une co-lomne de marbre au pied de ſon Tombeau.

Le Prince de Gur après avoir rempli tous les pieux devoirs d'un bon fils, s'ennuïa bien-tôt de la vie oiſive qu'il menoit à Ormus. Le ſouvenir de ce qu'il avoit été l'a-nimoit ſans ceſſe à faire quelques actions qui puſſent le remettre dans ſa premiere grandeur. Pour en venir à bout, il reſolut de vendre le reſte des biens du Ca-dis, & d'armer un Vaiſſeau avec lequel il pût rendre ſon nom illu-ſtre. Il executa ce deſſein, & choiſiſſant dans Ormus tout ce qu'il y avoit de plus braves gens, ſa reputation fut en peu de tems ſi étenduë ſur la mer d'Arabie & ſur tout l'Ocean Indien, que l'on ne parloit que de ſon intrepidité & de ſes victoires.

Ce fut dans ce tems là, Seigneur, que les Princesses de Teflis & de Borneo devinrent ses captives, vous sçavez le reste de son histoire jusqu'au moment que Gulguli - Chemamé tomba dans la mer : En voici, Seigneur, la suite que j'ai tiré des annales des Isles de Divandurou.

Faruk à son réveil fut dans une surprise extrême de ne plus trouver la Princesse dans le Vaisseau. On lui apprit l'accident de la nuit, il en conçut une douleur si violente, qu'il voulut vingt fois se priver de la vie. Tous ses gens s'opposerent aux effets de son desespoir, & l'ont vint enfin à bout d'en calmer la violence à force de bonnes raisons.

Dans le tems que le Prince commençoit à être un peu plus tranquille, il apperçût de loin deux Vaisseaux qui avoient le

vent fur lui, il ne balança pas à
les attendre, & les ayant atta-
quez, fon defefpoir lui fit faire
des actions de valeur fi furpre-
nantes, qu'il s'en rendit bien-tôt
le maître. Il vifita ces deux Vaif-
feaux, & ayant fait paffer fur fon
bord les prifonniers qui lui parurent être de quelque confe-
quence, il fit mettre les autres à
la chaîne pour fa fureté feulement
& jufqu'à ce qu'il pût arriver à
quelque Port, où fon intention
étoit de leur donner la liberté.

CXII.

QUART D'HEURE.

PArmi les prisonniers qui se trouverent sur le bord de Faruk, il y avoit deux jeunes gens de fort bonne mine , & très-proprement vêtus, dont les traits n'étoient pas tout-à-fait inconnus au Prince de Gur. Il chercha long-tems dans sa memoire où il les avoit vû , sans pouvoir s'en ressouvenir ; & s'étant informé d'eux s'ils ne s'étoient pas rencontrez quelque part : l'un d'eux lui répondit qu'il ne croïoit pas avoir jamais eu cet honneur , & qu'il y avoit plus de trois ans qu'ils voyageoient dans la Chine & dans les Indes.

Faruk croyant s'être trompé, se contenta de cette réponse, & après avoir passé le reste de la journée dans le repos, (s'il en pouvoit goûter après la perte de la Princesse de Teflis,) il se retira dans sa chambre où, accablé de lassitude, il se livra à un sommeil assez tranquille.

Il n'y avoit pas plus de deux heures qu'il dormoit, quand il fut réveillé en sursaut, par un rêve auquel il crût devoir faire attention. Celui à qui il avoit donné la sepulture auprès d'Ormus quelques années auparavant, s'apparut à lui: Vous aviez raison, Seigneur, lui dit ce spectre, de representer aux deux Calenders vos camarades, & qui voulurent vous empêcher de me couvrir de terre, qu'une bonne action n'étoit jamais sans recompense; voici le tems où je puis vous payer

payer de vôtre pieté : les deux
hommes que vous ne pûtes hier
remettre dans vôtre memoire,
font mes affaffins, j'entends ceux
à qui la fuite fit éviter le fupplice, ils vous ont bien reconnu
malgrévôtre changementd'état,
& craignant la jufte punition de
leur crime, ils ont déja égorgé
la fentinelle qui étoit à vôtre
porte, & font prêts à entrer ici
pour vous poignarder.

Le Prince qui, comme je vous
l'ai déja dit, Seigneur, s'étoit
éveillé à la fin de ce rêve, ne crut
pas devoir negliger un avis fi fa-
lutaire ; il fe leva, & entendant
du bruit à la porte de fa chambre qui étoit foiblement éclai-
rée par une lampe, il prit fon
fabre, fe plaça de maniere à n'être
point furpris, & attendit l'évenement d'un fonge fi peu commun ; il n'y avoit qu'un moment

qu'il étoit dans cette posture,
quand on ouvrit tout doucement
la porte , & qu'il vit entrer les
deux scelerats armez chacun d'un
poignard : il n'hésita pas à les
mettre hors d'état de l'approcher , & ayant abbatu le bras à
l'un d'eux d'un coup de sabre,
& étourdi l'autre d'un revers de
pommeau qu'il lui donna par le
visage , il appella ses gens, leur
fit saisir ses assassins, & après leur
avoir reproché l'assassinat qu'ils
avoient commis près d'Ormus,
il les fit pendre sur le champ à
un mats du Vaisseau.

Faruk après avoir raconté à
tout l'équipage le rêve qui lui
avoit sauvé la vie , se retira dans
sa chambre, il se prosterna pour
remercier le grand Prophete de
l'avis salutaire qui lui avoit été
envoyé , & s'étant ensuite recou-
ché , il ne fut pas plûtôt endor-

mi , que le même homme lui
apparut une feconde fois : Ce
n'eft pas affez , lui dit ce fantô-
me d'avoir prefervé tes jours
contre l'attentat de ceux que tu
viens de punir ; je ne pouvois
pas moins faire pour toi, mais
je veux encore que tu fçaches à
qui tu as obligation de cet avis.
On m'appelloit Almaz , * j'étois
feul heritier de Zelabdin Roi des
Ifles de Divandurou ; j'obtins ,
il y a près de fix ans du Roi
mon pere la permiffion de voïa-
ger , & je partis moi quatriéme
feulement dans le deffein de voir
la Perfe & la Tartarie. Mes trois
compagnons moururent pendant
le cours de ce voyage ; & je reve-
nois feul , & incognito à Ormus ,
dans le deffein de m'y embarquer
pour retourner à Divandurou ,

* Almaz en Arabe fignifie Diamant.

lorſque je fus maſſacré par le fils du Cadis d'Ormus.

Mon pere qui depuis mon dé-part n'a point eu de mes nou-velles, & qui attend mon retour avec impatience, eſt depuis un mois au lit d'une maladie dont il eſt écrit ſur la table de lumiere, qu'il ne guerira pas, & nôtre grand Prophete a ob-tenu de Dieu en ma faveur, que l'épée de l'Ange de la mort demeure enroüillée dans ſon foureau juſqu'à ce que tu ſois arrivé à Divandurou où tu épou-ſeras la Princeſſe Gerun ma ſœur. Prens cette route ſans crainte, j'y annoncerai ton abord ; & pour qu'on ne puiſſe s'y mépren-dre, je vais te ſceller du ſceau des Predeſtinez ; alors le ſpectre ayant appuyé aſſez ferme un ca-chet tout de feu ſur le bras du Prince de Gur, il en reſſentit

dans le moment une fi grande
douleur, qu'il fit un cri perçant
qui reveilla tout l'équipage ; on
courut à lui, il raconta ce fecond rêve, & le trouvant réel par
la marque imprimée qu'il avoit au
bras, & fur laquelle on lifoit dif-
tinctement le nom de Dieu & du
grand Prophete, il ne balança pas
un moment à prendre la route
des Ifles de Divandurou, où il a-
borda au bout de cinq femaines.

Les vents favorables l'avoient
conduit dans le Port à point nommé. Le Roi de ces Ifles étoit
très-mal, & la Princeffe fa fille
qui ne le quittoit pas d'un moment, en étoit dans une affliction inconcevable ; la mort prochaine de fon pere la mettoit
dans un état fort à plaindre de
toutes manieres. Le Roi de Cananor * dont les Ancêtres a-

* Le Royaume de Cananor eſt auprès

voient eu autrefois quelques prétentions fur les Ifles de Divandurou, n'attendoit que la mort
de Zelabdin, pour faire une
irruption dans fon Royaume,
& profiter de l'abfence du Prince fon fils ; mais Faruk, Seigneur,
changea bien la face des affaires.

Almaz s'étoit apparu au Roi
fon pere pendant la nuit qui pré-
ceda l'arrivée du Prince de Gur;
il lui avoit appris fa mort violente, la pitié de Faruk, les ordres qu'il avoit reçû du Ciel de
le marquer de fon fceau, & de
l'envoyer à Divandurou pour y
époufer Gerun, & lui avoit ordonné de la part du grand Prophete de fe preparer faintement
à la mort.

Zelabdin étonné de ce rêve,

du Malabar, & des Ifles de Divanduron
dans l'Inde : tous les Peuples y font Ma-
hómetans.

le regardoit comme l'effet d'une
fièvre brûlante ; mais quelle fut
sa douleur, quand Gerun, qui
couchoit à côté du lit de son pere, se leva brusquement, jetta
seulement une robe sur ses épaules, & courant au lit de Zelabdin:
ah, Seigneur, lui dit-elle en fon-
dant en larmes : mon frere sans
doute ne vit plus : je viens de le
voir tout sanglant, il m'a appris
qu'il avoit été assassiné par le fils
du Cadis d'Ormus : qu'un jeune
Prince caché sous l'habit de Calender lui avoit donné la sepulture : que ce même Prince que
nous reconnoîtrons au nom de
Dieu, qu'il lui a gravé sur le bras,
arrivoit ici dans le moment même, pour s'opposer à l'injuste
entreprise du Roi de Cananor,
qu'il étoit écrit dans le Ciel que
j'épouserois nôtre Liberateur.
Helas, ma-chere Gerun, reprit

l'affligé Zelabdín, ton rêve n'eſt
que trop vrai ı Almaz qui vient
de m'apparoître auſſi , m'a dit
les mêmes choſes ; mais il y en
a ajoûté une que ta tendreſſe
me cache peut-être de crainte de
m'épouvanter : Azrail eſt dans
la ruelle de mon lit , il y attend
mon ame , & la liaiſon qu'elle a
avec mon corps ſera de ſi peu de
durée , qu'à peine aurai-je le plaiſir de te voir unie avec le Prince de Gur. Ah , Seigneur , c'eſt
cette circonſtance que je voulois vous taire , & qui cauſe ma
douleur, répliqua la Princeſſe de
Divandurou : faut-il , Seigneur,
que je vous perde.... Oüi , ma
fille , interrompit Zelabdin avec
fermeté ; préparons-nous l'un
& l'autre à cette dure ſepara-
tion par une ſoûmiſſion édi-
fiante que le juſte rapport de nos
rêves exige de nous.: & lis moi,
je

je t'en conjure, les verſets de l'Alcoran qui nous font regarder ce paſſage ſans frayeur.

Gerun toute en pleurs, tira l'Alcoran de ſon étui de drap vert, elle lut à ſon pere juſqu'au jour pluſieurs chapitres de ce divin livre, & elle étoit encore dans cette pieuſe occupation, lorſqu'on vint annoncer au Roi l'arrivée d'un Vaiſſeau au Port qui apportoit des nouvelles du Prince Almaz.

CXIII.

QUART D'HEURE.

A Cette nouvelle, qui reveilla toute la douleur de Zelabdin, il fit un grand cri : ah, ma chere Gerun, dit-il à la Princesse, voilà donc nos rêves accomplis : allez vous mettre en état de paroître devant le Prince de Gur, & ordonnez qu'on l'introduise sans differer dans mon appartement. Gerun obéit ; elle alla se faire habiller pendant que l'on porta à Faruk les ordres du Roi de Divandurou, & le jeune Prince ayant été conduit dans la chambre du Monarque mourant, il vit tant de tristesse sur son visage, qu'il n'eut jamais la force

de lui annoncer la mort de fon
fils. Zelabdin s'en apperçût. Seigneur, lui dit-il d'une voix foible, (car je n'ignore pas vôtre
nom ni vôtre miffion :) ne crai-
gnez point d'augmenter ma douleur par le recit de la mort de mon
cher fils Almaz, il a pris le foin
lui-même de me prévenir fur un
accident auffi trifte. Faruk, Seigneur, hefitoit à répondre aux intentions de Zelabdin, lorfque la
belle Gerun entra dans fa chambre. Le Prince de Gur à fa vûë
s'étant laiffé tomber prefque éva-
noüi fur le lit même du Roi, cet
accident jetta ce Monarque & fa
fille dans un étonnement extrême.

La nature, Seigneur, continua Ben-Eridoün, avois pris plaifir à préparer les voyes de l'a-
mour entre Faruk & Gerun. Cette Princeffe reffembloit fi parfai-

tement à Gulguli-Chemamé, que
le Prince de Gur n'avoit pû l'en-
visager fans un trouble extraordinaire. Il revint peu à peu de fa
foibleffe , & reconnoiffant à la
difference des tailles qu'il s'étoit
trompé , il ne jugea pas à propos
de découvrir à Gerun le motif
fecret de cette fubite vapeur, &
fe tournant vers Zelabdin : ah,
Seigneur , lui dit-il , pardonnez
une impoliteffe que je viens de
commettre malgré moi ; les
beaux yeux de la charmante Gerun ont lancé dans mon cœur
des traits fi perçans , que je n'ai
pas eu la force de les foutenir ,
mais en voulant excufer une incivilité, je m'apperçois que j'en
commets une autre ; il fied mal
de parler d'amour dans des lieux
remplis d'horreur & de trifteffe ;
& quoique j'y femble autorifé
par les affûrances que m'en a

donné l'ombre du Prince vôtre
fils, & par les marques divines
qu'elle m'a gravées fur le bras
droit, je fens bien mon imprudence en cette occafion.

Tout vous eft permis, Seigneur,
reprit l'affligé Zelabdin, puifque
le Ciel vous deftine pour être
l'époux de la belle Gerun, j'aurois mauvaife grace de trouver
à redire à une paffion qui doit
faire tout le bonheur de fa vie,
& je fuis charmé au-contraire
que fes attraits ayent fait une im-
preffion fi vive & fi prompte fur
les fens d'un Prince auffi ac-
compli ; mais, Seigneur, faites-
moi la grace de m'apprendre
enfin le fort de mon fils, puifque vous êtes le feul qui m'en
puiffiez dire des nouvelles certaines : Faruk en ce moment ne
pût fe difpenfer d'inftruire Zelabdin de la mort déplorable

d'Almaz, il lui en apprit toutes
les circonstances dans le moins
de paroles qu'il lui fut possible,
la punition de ses assassins, l'ap-
parition de ce malheureux Prince, & les ordres précis qu'il en a-
voit reçûs de se rendre à Divandurou, où il l'avoit assûré du
cœur de la belle Gerun.

A peine, Seigneur, le Prince de
Gur avoit achevé son récit, qu'on
vint brusquement annoncer à
Zelabdin que le Roi de Cananor
en personne venoit de faire une
descente dans l'Isle, & qu'il mettoit tout à feu & à sang. Ah,
Seigneur, dit Faruk, c'est à moi à
vous venger de l'oppression de
cet injuste Monarque ; je perirai
bien-tôt avec tous les miens, ou
je vous apporterai sa tête avant
qu'il soit peu. Le Prince alors faisant une profonde inclination au
Roi, se tourna vers la Princesse :

& vous, lui dit-il, charmante Gerun, oferai-je me flatter de vous
être déja affez cher pour meriter
que vous faffiez au ciel des vœux
pour un Prince qui répandra jufqu'à la derniere goutede fon fang
avant que le Roi de Cananor
vienne à bout de fes lâches prétentions.

La Princeffe de Divandurou
fut interdite du compliment du
Prince ; elle ne fçavoit comment
y répondre : mais fon amour fem-
blant être autorifé par le grand
Prophete & par fon pere. Allez,
Seigneur, lui repliqua-t-elle, où
la gloire vous appelle, nôtre caufe eft trop jufte pour que la victoire foit du côté du Roi qui veut
nous opprimer ; mais ne vous
abandonnez point tant à l'ardeur
de vôtre courage, que je puiffe y
trouver une nouvelle matiere de
douleur. La Princeffe ne pût a-

chever ces mots fans rougir, &
Faruk tranfporté de joye de voir
le cœur de la Princeffe fenfible
pour lui, courut fe mettre en é-
tat d'executer ce qu'il venoit de
promettre. Il affembla en un moment tous fes gens, & les troupes
du Roi Zelabdin s'étant jointes à
lui, il les conduifit vers les ennemis avec tant d'intrepidité qu'on
lifoit fur fon vifage des marques
affûrées de fa victoire.

Le Roi de Cananor avoit d'a-
bord infpiré une telle terreur
dans l'Ifle, que tout fuyoit devant
lui ; mais Faruk ramenant les
fuyars, le repouffa fi vigoureufe-
ment qu'il fut obligé de reculer
lui-même à fon tour. Defefperé
de fe voir vaincu par un feul homme, car ce n'étoit pour ainfi dire
que Faruk qui faifoit pencher la
victoire de fon côté, il fe fit jour
à travers mille épées pour le join-

dre ; & le Prince de Gur qui brû-
loit d'envie de mesurer ses forces
contre celles du Roi de Cananor,
avant fait plus de la moitié du
chemin , & renversé tout ce qui
servoit d'obstacle à sa valeur, l'on
vit entr'eux un combat terrible ,
qui se termina enfin à l'avantage
de Faruk : le Roi de Cananor y
laissa la vie , & sa mort ayant dé-
couragé ses soldats , ils chercherent à regagner promptement
leurs Vaisseaux; mais le Prince de
Gur les ayant poursuivis sans relâche , ils passerent tous sous le
tranchant des sabres des soldats
de Zelabdin & de Faruk , & leurs
Vaisseaux furent abandonnez au
pillage.

Après une victoire aussi com-
plette, le Prince retourna au Palais au milieu des acclamations
de tout le peuple Il fut reçû de
Zelabdin , & sur-tout de l'in-

comparable Gerun , avec des
tranſports de joye difficiles à
exprimer. La ſympathie qui fait
ordinairement beauconp de chemin en peu d'heures , lui avoit
tellement gagné le cœur de cette
Princeſſe , qu'elle avoit peine à
moderer le plaiſir qu'elle reſſen-
toit de ſe voir deſtinée pour être
l'épouſe d'un Prince ſi charmant.

CXIV.

ET DERNIER

QUART D'HEURE.

FAruk, Seigneur, étoit parfaitement bien fait, les traits
vifs, l'air noble, l'ame belle,
extrêmement adroit & brave au-
delà de l'imagination. C'en é-
toit plus qu'il n'en falloit pour
enflammer une jeune Princeſſe,
que ſon heureuſe reſſemblance
avec Gulguli-Chemamé faiſoit
adorer à ce jeune Heros. En un
mot, Zelabdin ne voulut pas
laiſſer long-temps foûpirer ces
heureux amans. Il les unit enſemble dès le jour même, &
déclarant Faruk pour ſon ſuc-

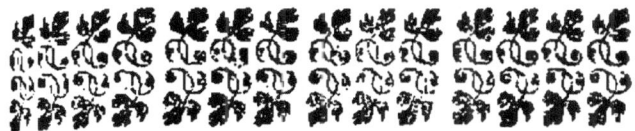

RETOUR

Du Medecin Abubeker.

DAns le moment que Ben-Eridoün achevoit l'histoire de Faruk, l'on entendit par tout Astracan mille cris de joye, qui retentirent jusqu'au Palais de Schems-Eddin : Ce Monarque surpris de cette nouveauté, ordonna promptement au Visir Mutamhid de s'informer du sujet de ce bruit, il sortit pour cet effet du Palais, mais y rentrant dans l'instant même. Ah, Seigneur, s'écria-t-il, tout transporté, je viens d'appercevoir Abubeker avec une Dame voilée qu'il conduit ici par la main, sans doute que vos maux vont finir, & c'est la présence de ces deux personnes qui porte dans le cœur de vos peuples une joye qu'ils ne peuvent contenir.

Mutamhid n'avoit pas encore achevé d'apprendre au Roi d'As tracan une si agréable nouvelle, que le pere de Ben-Eridoün en tra dans le Salon où étoit Schems-Eddin, suivi de la foule du peu ple qui avoit forcé les portes; il se prosterna aux pieds de son Roi : Seigneur, lui dit-il, voici vôtre fidele Esclave de retour avant le tems que j'avois promis à vôtre Majesté, & j'amene avec moi un trésor que je n'ai pû trou ver qu'à Serendib même; c'est la femme qui doit lui rendre la vûë : approche, mon cher Abu beker, que je t'embrasse, répon dit le Roi d'Astracan; de tels su

jets que toi & ton fils meritent
toute la bien-veillance de leur
Prince : que cette femme si rare
fasse donc son experience : mais
je t'avertis par avance que quand
elle ne réüssiroit pas, je ne t'en
aurai pas moins d'obligation.

La Dame voilée, à ce commandement s'approcha du Trône de
Schems-Eddin ; chacun étoit at-
tentif à ce qui s'alloit passer, &
peu de gens, sur-tout les Medecins, ajoutoient foi à ce remede,
lorsque cette femme tirant de son
sein un flacon d'or qu'elle ouvrit, frota les yeux du Roi d'Astracan avec l'eau qu'elle avoit
recüeillie sur l'arbre merveilleux
de Serendib. A peine cette divine liqueur eut-elle touché les pru-
nelles de Schems-Eddin, qu'il y
sentit une fraîcheur salutaire qui
lui réjoüit l'ame; deux especes de
tayes qui empêchoient l'effet des

rayons visuels, s'évanoüirent; &
ce Prince recouvrant en ce moment l'usage de la vûë, aussi net
qu'il l'eut jamais eu avant le crime de Ben-Bukar qui l'en avoit
si barbarement privé, s'écria
transporté de joye: O Ciel, est-il
bien possible que l'obscurité qui
m'envelopoit depuis si long-tems
se soit dissipée! Oüi, je vous
reconnois, mon cher Mutamhid;
c'est vous même Cuberghé: voici tous mes fidels sujets dont les
traits n'ont point été effacez de
ma memoire par un si long aveu-
glement: enfin donc je revois
la lumiere!

L'étonnement fut si extraordinaire, & la joye si grande dans
le Salon, que l'on n'entendoit
de toutes parts que des batte-
mens de mains; mais le Roi ayant
fait faire silence, adressa la parole
à la Dame voilée qui étoit de-
meurée

meurée debout dans un modeſte
ſilence. Qui que vous ſoyez, lui
dit-il, illuſtre heroïne de vôtre
ſexe, eſperez tout d'un ſervice
dont la recompenſe n'a point de
prix. La perte de ma chere Zeb-
El-Caton ne me permet pas de
partager mon Trône avec vous ;
jamais femme quelque belle qu'-
elle puiſſe être n'aura pouvoir
ſur mon cœur, mais comptez ſur
une reconnoiſſance ſans borne
& toujours nouvelle.

Au reſte, Madame, ne me
cachez plus ni à mes ſujets, une
perſonne à qui j'ai tant d'obligation : levez ce voile, je vous
en conjure, & laiſſez nous voir
des yeux dont la vivacité ébloüit,
quoique leurs feux ſoient rom-
pus par la gaze qui les cache.

La Dame voilée, à cette priere, crut devoir obéïr. Elle leva
ſon voile, mais que devint

Schems-Eddin à cette vûë qu'il
ne put foutenir ? il fe laiffa aller
fur fon Trône, & ne reprenant
l'ufage de la parole que quelques
momens après : Ah, Zebd-El-Caton, ma chere Zebd-El-Caton,
s'écria-t-il, eft ce bien vous que
je vois, & mon cœur fur lequel
votre image eft fi profondément
gravée, ne prend-il pas pour vous
tout ce qui fe prefente à mes yeux?
Non, reprit la Dame, qui venoit d'òter fon voile, en ver-
fant des larmes de joye, je fuis
cette Zebd-El-Caton que vous
avez crû morte ; je vis, & je fuis
affez heureufe pour faire finir
vos malheurs. Ah, fans doute,
reprit le Roi, en embraffant tendrement fon époufe, tous mes
maux font finis puifque je vous
revois. Dieu m'eft témoin que
je n'ai pas été un feul jour depuis
notre cruelle féparation fans re

pandre des larmes de votre perte;
en voilà donc la source tarie.

Cette conversation & les mutuelles & tendres caresses de ces
illustres époux, toucherent vivement les assistans. Ils étoient
étonnez d'une si surprenante &
miraculeuse avanture, aussi-bien
qu'Abubeker lui-même qui avoit
amené cette Princesse de Serendib à Astracan sans la connoître
pour Zebd-El Caton. Bien-tôt
après cette heureuse reconnois-
sance, la tristesse & le silence
firent place à la joye & au plaisir.
Le Roi fit des liberalitez ex-
cessives à Abubeker & à son fils,
qu'il retint toujours auprès de
lui. Il envoya des sommes im-
menses dans tous les Convens
de Derviches & dans les Mos-
quées, pour remercier le souverain Prophete de sa divine protection ; mais impatient de sça-

voir par quel pouvoir furnaturel fon époufe avoit été rappel-
lée à la vie, & par quel hazard
elle avoit rencontré Abubcker,
il ne fut pas plûtôt rentré dans
fon Palais avec fes Vifirs & le
Medecin, qu'il pria Zebd-El-
Caton en leur prefence de vouloir fatisfaire fa curiofité. La
Princeffe aimoit trop le tendre
Schems-Eddin pour retarder fa
fatisfaction d'un inftant : elle lui
parla en ces termes.

HISTOIRE

De *Zebd-El-Caton.*

IL est inutile, Seigneur, de vous rappeller les dernieres paroles que je vous dis au moment de notre séparation ; elles m'étoient dictées par notre grand Prophete, & je ne croyois pas que nous dussions jamais être réunis ensemble, voyant Azrail aussi prêt de mon chevet ; cependant je n'en mourus pas ; une vapeur létargique interrompit seulement la fonction de tous mes sens, & fit croire sans doute, que je ne vivois plus : vous y fûtes trompé vous-même, vous

me fites enfermer , à ce que j'ai
ſçû depuis par Abubeker , qui
ſans me connoître , a raconté
tous vos malheurs en ma pre-
ſence au Roi de Serendib , vous
me fîtes enfermer , dis-je , dans
un cercüeil orné de pierreries ,
mais vous eûtes la précaution
de ne me point couvrir le viſage ,
& c'eſt ce qui me ſauva la vie.

Les bijoux & l'or dont le cercüeil étoit garni , firent que les
voleurs Arabes m'emporterent
juſqu'à ce qu'ils ſe cruſſent en
ſureté. Ce ne fut qu'à plus de dix
lieuës de l'endroit où ils vous a-
voient attaqué , qu'ils partagerent entr'eux leur butin , & aprés
avoir dechiré mon cercüeil , ils
alloient me dépoüiller & me ietter dans une petite riviere aſſez
prefonde qui n'étoit pas éloignée
d'eux , lorſque l'un des Arabes
ayant voulu decoudre avec ſon

coûteau la manche de ma robe
fur laquelle étoit attachée une
émeraude, fut affez mal-adroit
pour me piquer au bras, & ce
fut là, Seigneur, ce qui me ga-
rantit de la mort : le fang en
fortit en fi grande abondance,
que cet homme en fut furpris ;
& fentant encore en moi quelque refte de chaleur, & une pal-
pitation affez lente, il jugea bien
que la létargie m'avoit reduite
en cet état. Il ne témoigna rien
de ce qui venoit de lui arriver,
& me chargeant fur fes épaules,
il me porta vers la riviere, dans
le deffein de faire croire qu'il
alloit m'y jetter. Les Voleurs
pendant ce temps s'é'oignerent
fans fonger feulement à cet homme ; heureufement qu'il fçavoit
un peu de Medecine, il laiffa
couler mon fang autant qu'il le
crut à propos pour me fauver

la vie , banda enfuite mon bras avec la moufleline de fon Turban , & me jettant de l'eau fur le vifage , il me fit revenir peu à peu.

J'ouvris enfin les yeux , Seigneur , & quand j'eus affez de force pour confiderer fixement les objets les plus prochains, je ne fus pas peu furprife de me voir feule avec un homme inconnu ; comme il lût mon étonnement & ma douleur dans mes yeux & dans mes actions : raffurez-vous , Madame , me dit-il , votre vie eft en fûreté avec moi, & votre honneur n'y court aucun rifque , puifque je fuis hors d'état de l'attaquer quand même j'en aurois la volonté. Ces paroles firent ceffer mon effroy , & m'étant informée de lui par quel moyen j'étois tombée entre fes mains , j'appris , Seigneur , que

votre

vôtre petite Caravane avoit été
attaquée par des voleurs Arabes
à quelques journées du grand
Caire ; que vous aviez fait une
reſiſtance inoüie ; mais qu'enfin,
vous aviez ſuccombé ſous le
nombre, & qu'avec toute vôtre
eſcorte, vous étiez tombé percé de mille coups, & entouré
de plus de trente de vos ennemis qui avoient tous peris de
vôtre main. Jugez, mon cher
Prince, de mon deſeſpoir, en
apprenant cette cruelle nouvelle ; je ne vous comptai plus au
nombre des vivans ; & voulant
vous rendre les mêmes devoirs
dont vous m'aviez honorée, je
ſuppliai l'Arabe avec qui j'étois
de me conduire à l'endroit où
s'étoit paſſé le combat, il eut
pour moi cette complaiſance.
Comme j'étois extraordinaire-
ment foible, je ne pûs faire ce

chemin qu'en trois jours : nous
examinâmes enfemble les morts,
mais comme ils étoient prefque
tous défigurez par le fang, par
les plaïes qu'ils avoient reçuës
au vifage, & par le tems qu'il y
avoit qu'ils étoient expofez à
l'air, je ne pus reconnoître vôtre corps avec certitude : j'en
trouvai pourtant un qui me parut de vôtre raille, & que je pris
pour vous ; je lui lavai le vifage
de mes larmes, j'y crus remar-
quer quelques-uns de vos auguf-
tes traits, & ma douleur fut fi
vive en ce moment, que je m'é-
vanoüis fur le corps que je tenois
embraffé tendrement : l'Arabe
m'en détacha. Je fus plus d'une
heure fans fentiment, mais je
revins enfin à moi. Nous creu-
sâmes avec quelques fabres rom-
pus, un trou affez grand pour
y mettre ce corps ; je l'y en-

fermai, je le couvris de terre
& je quittai enfin ce funeste lieu.

J'étois si étonnée, malgré mon
affliction, des civilitez & de la
politesse de mon Arabe, que je
ne pouvois être un moment sans
lui en témoigner ma reconnois-
sance. Seigneur, lui dis-je, comment est-il possible qu'ayant em-
brassé le genre de vie que vous
meniez avec les Bedoüins, vous
ayez conservé parmi eux des manieres si nobles & si éloignées de
leurs caracteres, vous n'étiez pas
né pour une condition si basse &
si cruelle, & il faut sans doute
que quelque raison pressante
vous ait obligé à demeurer avec
eux. Ah, Madame, s'écria l'A-
rabe, quoique d'un état medio-
cre, je ne croyois pas certainement me trouver jamais dans la
compagnie de pareils scelerats ;
la vengeance que j'ai voulu pren-

dre du plus cruel affront que l'on
puiſſe faire à un homme, m'a
ſeule déterminée à m'aſſocier aux
voleurs Arabes ; mais la mort
de mon ennemi ne me rend
point ce que ſon injuſte fureur
m'a ôté. Cet homme ne put pro-
noncer ces dernieres paroles ſans
répandre des larmes abondamment ; elles exciterent ma com-
paſſion & ma curioſité : je le
priai de vouloir me raconter ſes
malheurs : voici à peu près, Seigneur, de quelle maniere il s'en
acquitta.

AVANTURES

De l'Arabe Aben - azar.

JE suis fils, Madame, d'un
assez riche Joüaillier d'Aden, *
mon pere avoit un intime ami
nommé Saman de sa même pro-
fession ; cet ami avoit une fille
de quatre ans moins âgée que
moi, mais d'une beauté qui ef-
façoit tout ce qu'il y avoit de
jeunes personnes dans Aden.
Pour s'attacher encore plus étroi-
tement l'un à l'autre, mon pere
& son ami destinerent leurs enfans pour être unis ensemble,

---

* Aden Ville située à l'entrée de la Mer
Rouge, dans l'Arabie heureuse, elle est capitale d'un Royaume du même nom.

B b iij

de forte que nous n'eûmes pas
plûtôt l'âge de raifon que l'on
apprit à la jeune Abdarmon à
me regarder comme devant être
un jour fon époux, & que mon
pere me fit connoître que je ne
lui plairois qu'autant que je ferois de progrès fur le cœur de
cette aimable fille.

Il arrive rarement que des enfans, defquels on difpofe dans
un âge fi tendre, fuivent exactement les volontez de leurs parens; il femble même que cette
efpece de tyrannie leur infpire un
defir de revolte. Il en fut, Madame, tout autrement de nous;
plus nous avançâmes en âge, &
plus nous répondîmes aux intentions de nos peres. Je paffois des
journées entieres avec ma petite
maîtreffe, fans chercher d'autres
plaifirs. Elle n'en trouvoit point
de plus fenfible que celui de me

voir auprès d'elle, & si je manquois d'un moment, les heures
ausquelles j'avois coûtume de me
rendre à sa chambre, elle m'en
faisoit des reproches si tendres,
que mon amour en recevoit une
puissante augmentation. Vous ne
m'aimez pas comme il faut, mon
cher Abena-zar, me dit-elle un
jour, & je vois bien que je ne suis pas
assez belle pour esperer de vous
attacher uniquement ; vous pa-
roissez souvent distrait avec moi
pendant que je ne suis occupée
que de vous seul. Que manque-t-il
donc à vôtre bonheur pour le
rendre parfait ? Ah si je le sçavois,
dût-il m'en coûter la vie pour
rendre mon amant heureux, je
lui proteste que je le ferois avec
joye. Vous êtes bien injuste, ma
chere maîtresse, lui répondis-je,
& en même tems bien ingenieu-
se à vous donner de la peine ?

pourquoi me faire des reproches
que je merite si peu? Je n'aime
que vous, vôtre amour seul fait
tout mon bonheur. Je languis
dans les lieux où je ne vous trouve point; & si je puis être capable de quelque chagrin, c'est de
voir que nôtre felicité soit si é-
loignée qu'il me faille attendre
quatre ans pour être l'époux de
ma chere Abdarmon.

Ma jeune maîtresse, continua
Aben-azar, n'avoit au plus que
dix ans, & j'en avois à peine
quatorze, lorsque nous tenions
des discours si tendres; jugez
quels ils pouvoient être, plus
nous approchions du terme si de-
siré. Enfin, Madame, je ne crois
pas qu'on puisse jamais s'aimer
avec plus de délicatesse que nous
le faisions; & nous touchions
presque à l'heureux moment qui
devoit couronner un amour si

pur & si fidele, lorsque nous de-
vînmes tout d'un coup les plus
infortunez amans de toute la
terre. Nos peres se broüillerent
pour quelque jalousie de profes-
sion : un ennemi mortel du mien
prit le soin de fomenter leur querelle par mille mauvais rapports,
& ce traître, par .ses artifices,
vint si bien à bout de les des-
unir, qu'il se forma entr'eux une
haine irréconciliable. L'on avoit
commencé, Madame, par rompre les engagemens que l'on nous
avoit fait prendre Abdarmon &
moi. L'on nous deffendit ensuite
absolument de nous voir, & de
concevoir jamais la moindre esperance de raccommodement.
Que ce coup nous fut sensible !
j'en pensai expirer de douleur,
& je dois rendre à Abdarmon
la justice de dire, que la sienne
fut si vive qu'elle en tomba dan-

gereufement malade, & qu'elle
en fut réduite à l'extrêmité. J'appris cette nouvelle avec un defef.
poir violent ; je courus chez Saman, je me jettai à fes pieds :
il n'eft point de termes foumis
dont je n'ufaffe pour l'attendrir
en ma faveur, je le trouvai in-
flexible : je voulus lui faire craindre la mort prochaine d'Abdarmon, il n'en fut point émû. Quoique j'aïe pour ma fille toute la
tendreffe poffible, j'aime encore
mieux, me dit-il, qu'elle foit dans
le tombeau, que de la voir entre les bras du fils de mon plus
cruel ennemi, aïnfi n'efperez pas
me flechir, & retirez-vous promptement de chez moi, fi vous ne
voulez que j'oublie bien-tôt les
bontez que j'ai encore pour vous.
Je voulus ouvrir la bouche, mais
la dureté de Saman me toucha fi
vivement, que je tombai fans

connoiſſance à ſes pieds. Il n'en
fut pas plus touché , au contraire , il me fit prendre par deux
eſclaves en l'état où j'étois , &
me fit mettre hors de chez lui.

Mon pere qui revenoit de ſes
affaires , paſſa malheureuſement
pour moi dans cette ruë ; il apprit l'indigne procedé de Saman :
il en fut outré , & m'ayant fait
rapporter au logis , j'y revins enfin de mon évanoüiſſement.

L'affront que je venois de recevoir étoit trop public pour ne
pas aigrir mon pere au dernier
point : il me défendit ſous peine
de ſon indignation , de retom-
ber jamais dans la même faute.
Mais , Madame , que j'avois peu
d'inclination à lui obéir ! la belle
Abdarmon avoit fait trop d'im-
preſſion ſur mon ame pour que
je la puſſe ſi tôt oublier ; au contraire, je cherchai tous les moïens

de l'affurer de bouche d'une tendreffe éternelle, mais elle étoit
trop bien gardée ; il me fut im-
poffible d'en approcher : j'en tombai malade de chagrin, & pour
comble de malheur, j'appris en
relevant de maladie qu'elle venoit d'époufer Ilekhan le fils de
nôtre ennemi. Que devins-je à
cette cruelle nouvelle ; je vomis
contre Saman tout ce que la rage & le defefpoir me dicterent :
ah, m'écriai-je, belle Abdarmon,
il eft donc poffible que vous
foyez devenuë la proye du plus
vil & du plus brutal de tous les
hommes ? En effet, Madame,
Ilekhan avoit une mine fi baffe,
l'air fi farouche, & des manieres fi peu polies, qu'il étoit gene-
ralement haï de tout le monde,
mais fon pere avoit gagné Saman par d'artificieufes flatteries,
& lui ayant fait comprendre qu'il

ne pouvoit mieux se venger du mien, qu'en donnant Abdarmon à son fils. Ce malheureux n'avoit pas hesité d'un moment à sacrifier sa fille à sa vengeance, & la belle Abdarmon avoit été la victime de la haine de nos familles.

Ce n'avoit pas été sans une extrême repugnance qu'on l'avoit livrée entre les bras d'Ilekhan, elle s'étoit servie de toute sorte de moyens pour l'éviter, il avoit fallu obéïr à un pere inexorable : mais on n'avoit jamais pû arracher d'elle son consentement pour une union à laquelle elle auroit preferé la mort si on lui en avoit laissé le choix. Saman cependant abandonnant la qualité de pere pour devenir le bourreau de sa fille, la remit entre les mains d'Ilekhan. Il la conduisit en sa maison sans trop s'embarasser de l'aversion qu'elle

témoignoit avoir pour lui , &
croyant que le confentement de
l'indigne Saman lui fuffifoit pour
exiger d'Abdarmon , ce qu'une
femme ne peut, fans fcrupule,
refufer à fon mari ; il trouva chez
cette vertueufe fille une refiftance
que les prieres ni les menaces
ne purent jamais vaincre. Son
humeur impatiente le fit courir
en porter fes plaintes chez Saman : il en fit de feveres repri-
mandes à fa fille, mais cette ge-
nereufe perfonne fans fortir du
refpect qu'elle devoit à fon pere,
lui déclara qu'elle ne feroit jamais la femme d'Ilekhan : Non,
Seigneur, lui dit-elle, vous ten-
tez vainement de me rendre infidelle ; mon cœur s'eft fait une
douce & longue habitude d'aimer Aben-azar, je n'ai fait en
cela que fuivre vos ordres, & la
mort la plus affreufe me fera

préferable au changement.

Saman fut étonné d'une pareille resolution ; il crut pourtant que le tems viendroit à bout de la détruire, & conseilla à Ilekhan de traiter Abdarmon avec douceur, il lui fit esperer par ce moyen de fléchir ce jeune courage.

Ilekhan eut bien de la peine à se moderer & à suivre cet avis ; il resolut pourtant d'éprouver pendant quelques jours, si une conduite respectueuse lui gagneroit un cœur si rebelle, & se reserva ensuite d'user de toute son autorité en cas qu'il ne reüssit pas par la douceur.

Je sçus avec une joye incroyable la noble resistance d'Abdarmon, & le parti qu'Ilekhan venoit de prendre ; j'en conçus une esperance favorable : & mettant tout en usage pour déranger les

projets de mon lâche rival, je
trouvai le moyen de feduire un
de fes efclaves, & j'obtins de lui
qu'il m'introduiroit la nuit dans
l'appartement de ma maîtreffe.
Il le fit en effet, je m'étois déguifé en femme, afin de donner
moins de foupçon à ceux qui
pouvoient me voir entrer chez
Ilekhan, & je fus conduit fous
cet habit dans la chambre de ma
chere Abdarmon. Elle étoit cou-
chée négligemment fur un lit, la
tête appuyée fur fon bras, dans
la pofture d'une perfonne affligée. Je me jettai à fes genoux,
& je baifai une de fes belles
mains avec un fi grand tranf-
port qu'elle connut bien qu'il n'y
avoit qu'un amant aimé qui pût
prendre une pareille liberté. Si
elle reffentit une extrême joye
à ma vûë, elle ne fut pas moins
effrayée quand elle fit reflexion
que

que j'étois dans un endroit dont
Ilekhan étoit le maître. Ah, Seigneur , me dit-elle , en m'embraſſant ; fuyez , je vous en conjure, des lieux où je tremble pour
votre vie ; mettez-vous en état ,
s'il ſe peut , de m'arracher à mon
tyran , & ſoyez perſuadé que je
ſouffrirai les tourmens les plus
cruels & la mort même , avant
que de trahir les ſermens que
je vous ai fait tant de fois de
n'être qu'à vous. Eh bien , Madame , repris-je , venez donc à
l'heure même avec moi , je vais
vous ſouſtraire à un homme dont
le procédé doit être odieux à
toute la terre.

L'eſclave , que j'avois gagné ,
s'oppoſa d'abord à ma reſolution;
mais un diamant l'ébranla : je lui
promis de l'emmener avec nous ,
& de reconnoître ſi bien le ſervice qu'il me rendroit , que je

le gagnai entierement. J'embraſ
ſai alors Abdarmon avec un tranſ
port extraordinaire ; & nous al.
lions ſortir de ſon appartement
& prendre la fuite , lorſque Ilek.
han parut à nos yeux le ſabre à
la main , & ſuivi de huit eſclave
armez de même ; je fus ſi étran.
gement ſurpris à cette vûë , que
je donnai à ces miſerables le
tems de me ſaiſir.

Abdarmon connut bien par la
rage qu'elle lût dans les yeux de
notre ennemi , qu'il n'y avoit
pas de grace à eſperer pour nous.
Elle ne daigna pas entreprendre de fléchir ſa colere , & le regardant avec indignation : Je ne
t'ai point caché, lui dit-elle , tyran , la violente paſſion que j'ai
toujours eû pour Aben-azar:
il eſt aimable , il m'a plû ; je lui
ai parû preferable à toutes les
filles d'Aden : il m'a aimé avec

toute la délicateffe poffible , & j'étois à lui avant qu'une injufte haine qui a divifées nos familles, eût determiné mon pere à me livrer à toy:voilà,barbare, tout le crime que tu vas punjr , il eft trop beau pour en avoir le moindre regret ? Alors , me tendant la main , je vois bien , mon cher amant , me dit-elle avec affez de fermeté , que nous allons mourir ; l'indigne Ilekhan n'eft pas affez genereux pour nous rendre à nous-mêmes;preparons nous donc fans frayeur à paffer dans une vie tranquille & déli- cieufe : là nos plaifirs ne feront point troublezparl a haine de nos parens , nous n'y verrons ni ja- loux ni tyrans, & comme nous y portons des cœurs tous rem- plis de flammes, nous y ferons fans doute reçûs aunombre de ces fideles amans qui n'auront

point d'autre occupation que de
se livrer tout entier au plaisir
d'aimer & d'estre aimé.

Ce discours si tendre pour moi
& si piquant pour mon rival,
ne fit encore qu'allumer sa fureur. Oüi, perfide, dit-il à Abdarmon, qui s'étoit jettée entre
mes bras, oüi, tu mourras, & tu
mourras de ma propre main :
ma vengeance ne seroit pas pleinement satisfaite si j'en remet-
tois le soin à un autre : alors il
enfonça son sabre dans le sein
de ma chere maîtresse, qui n'eut
que le tems de tourner les yeux
vers moi, & de me dire adieu.

Ah, Madame, continua l'A-
rabe, en versant un torrent de
larmes que lui arrachoit un si
tendre souvenir. Que devins-je
à cette sanglante vûë ; j'avois été
pour ainsi dire, immobile d'é-
tonnement jusqu'alors, mais la

mort d'Abdarmon m'en tira bien-tôt. Je fis un cri qui effraya ceux qui me tenoient, & ma fureur fut si violente, que je me débaraffai d'eux, & me jettai sur le barbare Ilekhan ; je le mis fous mes pieds, & lui arrachant un poignard qu'il portoit à la ceinture, je fis si bien, malgré les efforts de fes efclaves, que je lui en portai plufieurs coups, mais j'étois si hors de moi, que je ne le bleffai que très legerement. On me terraffa, je fus defarmé, & la rage de mon rival augmentant en voyant couler fon fang, il devint furieux ; traître, me dit-il, ne crois pas que je borne ma vengeance à te donner la mort ; Non, non, tu n'iras pas rejoindre Abdarmon, je te deftine à un genre de fupplice beaucoup plus affreux que le fupplice même. Alors m'aïant

fait lier les pieds & les mains;
ah, Madame, pourſuivit Aben-
azar, en verſant des larmes en
plusgrande abondance:la pudeur
& mon déſeſpoir m'ôtent ici la
parole ; que vous dirai-je ? Le
cruel Ilekhan me fit ceſſer d'être
ce que j'étois ſans m'ôter la vie,
& l'on me rapporta enſuite par
ſon ordre , tout baigné dans
mon ſang, & ſans connoiſſance,
à la porte de mon pére, à laquelle , ſoit par pitié, ou pour lui faire plûtôt ſentir la douleur qu'il
devoit avoir du crüel état où
j'étois , les eſclaves d'Ilekhan
heurterent de toute leur force.

Mon pere à ce bruit ſe releva,
alluma ſa lampe &deſcendit dans
la ruë : quel triſte ſpectale pour
lui? il reveilla par ſes cris tous
les voiſins , on me porta promptement ſur un lit , on envoya
chercher un habile chirurgien;

cet homme avec quelques pou-
dres fpecifiques, étancha d'abord
le fang que je perdois, & s'é-
tant enfuite fervi d'un baume
excellent , je commençai à ouvrir les yeux , & à donner quelques fignes de vie , mais je n'eus
pas plûtôt entierement recouvré
l'ufage des fens , que faifant ré-
flexion au trifte état où je me
trouvois, & à la perte d'Abdarmon , je refolus de ne lui point
furvivre. J'arrachai l'appareil que
l'on avoit mis fur mes plaïes ,
& je parus dans un fi grand défef-
poir , qu'on fut contraint de me
lier pour me guerir malgré moi.
Mon pere apprit avec fureur que
c'étoit Ilekhan qui m'avoit traité
fi indignement ; il vouloit l'aller poignarder chez lui , je m'op-
pofai à fes deffeins : laiffez-moi,
Seigneur , lui dis-je , le foin de
ma vengeance , & fi je vous fuis

encore cher, ne repandez point
ma honte dans Aden, je sçaurai
punir, avant qu'il soit peu, mon
ennemi de sa cruauté. Mon pere
eut la complaisance de me laisser
faire. Enfin, Madame, au bout
de quatre mois je fus en état
d'executer ce que j'avois projet-
té ; mais il faut auparavant vous
instruire de ce qui se passa chez
Ilekhan, après le barbare traitement que j'en avois reçû, & la
punition de l'esclave qui avoit
facilité notre entrevûë.

Ce traître envoya sur le champ
chercher Saman, quoiqu'il fut
assez tard : comme on l'assura que
c'étoit pour affaire de consequen-
ce, il n'hésita point à se rendre
chez Ilekhan : Seigneur, lui dit
ce dernier, si vous étiez à ma
place, & qu'après de severes défenses qui ont été faites à votre
fille d'avoir aucun commerce
avec

avec Aben-azar, vous les trou-
vaffiez ici l'un & l'autre conju-
rant vôtre perte, & ne vous laif-
fant aucun lieu de douter de vôtre deshonneur, quel parti pren-
droit vôtre amour fi cruellement
méprifé ? Le plus prompt & le
plus violent, répondit Saman,
dans ma jufte colere je poignar-
derois Abdarmon & mon rival.
Je fuis fort aife, reprit Ilekhan,
que nous ayons été de même
avis, venez voir fi je fçai bien
venger un affront ; alors l'ayant
fait paffer dans l'appartement
d'Abdarmon, il la lui fit voir
noyée dans fon fang, & lui apprit en peu de mots de quelle
maniere il m'avoit fçû punir de
mon amour.

Saman ne put s'empêcher de
fremir à la vûë de fa fille morte;
ce qu'il venoit de dire étoit plù-
tôt l'effet de la haine qui regnoit

dans nos familles, que ſes véri-
tables ſentimens; cependant comme il nous avoit condamné lui-
même, il ne put appeller de ſon
jugement; cela ne fit même que
l'animer davantage contre nous,
& reſolu de nous perdre quand
il en trouveroit l'occaſion, il ſe
lia plus que jamais avec Ilekhan
& ſon pere pour y réüſſir.

Comme le lâche Saman n'a-
voit fait aucun bruit de la mort
d'Abdarmon, je m'imaginai bien
qu'il avoit quelques mauvais deſ-
ſeins. Je ſortis d'Aden, & me
joignant à une troupe de Bedoüins qui rodoient aux environs de cette Ville. Je les priai
de me recevoir dans leur compagnie. Je ſçavois par le moyen
d'un eſclave fidele toutes les dé-
marches de mes ennemis. J'appris un jour qu'ils étoient ſortis
tous trois d'Aden, dans le deſ-

fein d'aller paſſer quelques jours
à une maiſon de campagne qui
appartenoit à Saman. Comme
j'y avois été très ſouvent, & que
je ſçavois parfaitement les endroits par où l'on pouvoit la
ſurprendre, je propoſai au Chef
des Bedoüins de lui faire gagner
en une nuit plus de cent mille
ſequins, pourvû qu'il me donna
une eſcorte ſuffiſante, & qu'il
me permit de me venger pleinement des trois plus cruels ennemis que j'euſſe dans le monde.

L'on accepta ma propoſition
avec joye ; je choiſis vingt hommes intrepides, je leur expliquai
mes intentions, & les condui-
ſant ſur la brune à la maiſon de
campagne de Saman, je les in-
troduiſis juſques dans le Salon
où il étoit à table avec Ilekhan
& ſon pere, ſans avoir eu be-
ſoin que d'arrêter quelques eſ-

claves dont les cris auroient derangé nos projets. J'étois assez bien deguisé pour n'être point reconnu. On se saisit de mes ennemis ; on leur mit le poignard sur la gorge, & on les menaça de la mort s'ils ne donnoient pas chacun un billet pour aller chez eux chercher l'écrin dans lequel ils enfermoient leurs diamants : ils furent obligez de le faire, croyant par-là sauver leurs vies, je m'en saisis aussi-tôt, & leur faisant ensuite lier les pieds & les mains, & baillonner la bouche, je les fis marcher à coups de bâtons, ainsi que leurs esclaves jusques dans un petit bois où nous avions cette nuit choisi notre retraite. Je remis alors leurs billets à notre Chef ; il voulut lui-même en être le porteur, se déguisa avec trois Arabes, & se rendit à la pointe du jour à Aden, où les Commis de Saman & du pere d'Ilekan ; car ce dernier , ainſi que ſon fils , ſe mêloit auſſi de la Joallerie , ne firent aucune difficulté de lui remettre en main les diamants de leurs maîtres , dont ils voyoient les ordres ſi précis. Je contai enſuite à notre Chef toute mon hiſtoire , la cruauté de Saman , & l'indigne traitement que j'avois reçû du perfide Ileckhan, il ne put l'écouter ſans horreur. Vengestoi, me dit-il , je t'abandonne ces traîtres ; & ſi tu étois aſſez genereux pour leur pardonner , je ſerois moi-même leur boureau & le tien. Je fis donner d'abord la liberté aux eſclaves, afin qu'ils ne me reconnuſſent point , & après avoir dépoüillé les vêtemens qui me rendoient méconnoiſſable , je me montrai bien-tôt après à mes ennemis ; ils frémirent à

ma vûë, & me demanderent la
vie avec des larmes qui com-
mençoient à me toucher, lorfque me rappellant toute leur
barbarie, je la leur reprochai avec
fureur, & après avoir poignardé moi-même Saman & le pere
d'Ilekhan, il n'y eut forte de tourmens que je ne fiffe fouffrir à
mon lâche & cruel rival avant
que de lui donner la mort : j'en
ai même encore horreur en ce
moment ; mais, Madame, de
quoi n'eft point capable un homme outragé auffi cruellement que
je l'avois été. Après m'être ainfi
vengé, je n'avois plus deffein de
fuivre les Bedoüins, mais il y a
du danger de s'affocier avec des
gens de ce caractere, on ne les
quitte pas comme l'on veut : le
vol des diamants m'avoit mis
en reputation, il avoit été conduit avec tant de prudence, que

notre Chef eut en moi toute la
confiance poſſible ; loin de me
donner mon congé , il ne voulut plus rien entreprendre ſans
mon conſeil , & je me ſuis trouvé
malgré moi dans l'obligation
de reſter avec lui depuis plus de
deux mois juſqu'au jour d'hier
qu'il a été tué de la main même
de votre époux. Comme cette
victoire nous avoit coûté cher
par la perte de plus de huit cens
Arabes , & que nos forces étoient
bien diminuées , l'on ne jugea
pas à propos de partager le butin ſur le champ de bataille de
peur d'être ſurpris. Nous nous
chargeâmes de toutes les dé-
poüilles ; l'on me donna le ſoin
de votre Cercüeil à cauſe des
pierreries qui y étoient attachées,
& nous ne commençâmes nos par-
tages qu'auprès de l'endroit où ,
ſous prétexte de vous aller jet-

D d iiij

ter daus la petite riviere qui eſt
aſſez profonde dans de certains
endroits, je me ſuis écarté des
Bedoüins. La confuſion & le dé-
ſordre qui regnoit entre ces ſcelerats, ne leur a pas permis de
s'appercevoir de mon abſence.
J'en veux profiter, Madame, &
tâcher d'obtenir du Ciel par de
bonnes actions, & ſans nombre,
le pardon de mes crimes, auſſi
bien me reprochai-je ſans ceſſe
l'extrême cruauté dont j'ai uſé
envers mes ennemis.

Voilà, Madame, le récit ſuc-
cint & déplorable de mes malheurs ; jugez à preſent ſi vous
ne pouvez pas bien, ſans ſcru-
pule vous abandonner à ma conduite, lorſque je vous offre de
vous accompagner par tout où
vous aurez deſſein d'aller.

SUITE DE L'HISTOIRE

De Zebd-El-Caton.

J'Avois écouté l'Arabe Aben-azar avec beaucoup de com-passion, pourſuivit la belle Reine d'Aſtracan. Comme je ne croïois pas', Seigneur, pouvoir être en plus ſûre compagnie, j'acceptai ſes offres, & nous nous rendî-mes à Aden par des chemins détournez. Il apprehendoit qu'-on ne l'eut ſoupçonné d'avoir fait aſſaſſiner ſes ennemis, nous n'y entrâmes que ſur le ſoir, & nous allâmes droit à la mai-ſon de ſon pere, à qui il racon-ta l'horrible vengeance qu'il en avoit priſe , & de quelle ma-

niere il m'avoit trouvée. Ce bon
homme fut fi fenfible au plaifir
de revoir fon fils, dont il n'a-
voit point eu de nouvelles depuis long-tems, qu'il en penfa
mourir de joïe. J'en reçus tout
l'accüeil poffible, & comme il
avoit interêt qu'on donna un
bon motif à fon abfence, il fit
courir le bruit qu'il venoit de faire un voyage à Suaquem * où
il m'avoit époufé. Peu de gens
fçavoient à fond la difgrace d'A-
ben-azar, excepté le Chirurgien,
mais il étoit mort depuis fa
guerifon, & Ilekhan ne s'étoit pas
venté de fa vengeance. Comme
je ne rifquois rien à appuyer cet
ingenieux menfonge, l'on me
regarda dans Aden comme la
femme de ce jeune homme, &
j'y demeurai avec lui près de

*Cette Ville eft fituée fur les côtes de la
mer Rouge.

trois ans. Je l'avois prié de cacher ma qualité à son pere, &
de me faire passer auprès de lui
pour la femme d'un Tartare qui
avoit été tué par les Bedoüins
en revenant de la Meque : il me
tint parole , mais cette précaution me fut très-nuisible.

Le Pere d'Aben-azar étoit un
vieillard encore d'assez bonne
mine , j'avois pour lui toutes les
complaisances possibles ; il crut
apparemment ne les pouvoir
mieux reconnoître que par de l'a-
mour. Je m'imagine qu'il com-
battit long-tems , avant que de
me le declarer ; mais enfin après
s'être bien fortifié dans ses re-
solutions , il ne voulut plus me
laisser ignorer ce que son cœur
ressentoit pour moi. Quoiqu'il
fut impetueux dans ses desirs ,
il prit quelques précautions pour
me le faire sçavoir & m'en ins-

truifit d'une maniere affez fingu-
liere. L'on vous regarde dans
Aden comme la femme de mon
fils, me dit-il un jour, mais, Madame, en même tems qu'on le loüe
du choix que l'on croit qu'il a fait
de votre perfonne, on le plaint
de votre fterilité : ces difcours
m'effrayent, & j'apprehende qu'-
en venant à découvrir notre
tromperie, on n'ait affez de preu-
ves pour le convaincre du meurtre d'Ilekhan & de fes deux autres ennemis, l'on reveille notre ancienne querelle ; l'on parle
de la vengeance cruelle exercée
fur Aben-azar : il eft venu jufqu'à moi des bruits qui pourront autorifer les envieux à croire
mon fils coupable ; je ne fuis point
en repos dans une conjoncture
auffi délicate, & il n'y a que
vous, Madame, qui puiffiez
faire ceffer ces difcours. Moi,

répondis-je fort étonnée ? je suis
trop senfible à tout ce qui vous
regarde pour vous rien refuser ;
parlez, Seigneur, apprenez-moi
comment il faut s'y prendre pour
vous rendre la tranquillité, vous
m'y verrez travailler auffi-tôt
avec joye. Eh bien, Madame,
reprit l'amoureux Vieillard, en
voici le feul moyen. Puifque mon
fils n'eft pas en état de faire taire
les mauvaifes langues, j'ai crû
que je devois y fuppléer, & que
je n'étois pas encore hors d'âge
à faire ceffer une ftérilité qui
fait parler dans Aden : devenez
mere, Madame, que ce foit par
mon moyen : voilà nos ennemis hors de mefure, ils pren-
dront mes propres enfans pour
mes petits fils, & ne raifonnant
plus fur une matiere qui me caufe
des inquietudes terribles, la vie
d'Aben-azar eft en fûreté.

Je fus, Seigneur, pourfuivit
Zebd-El-Caton, autant furprife
qu'on puiffe l'être de la propofition du Vieillard ; j'eus vingt
fois envie de lui découvrir qui
j'étois, mais apprehendant qu'il
ne crut que je ne lui ferois cette
declaration que pour le refufer,
je refolus de tourner la chofe en
plaifanterie : il s'en choqua, nous
nous broüillâmes, & m'étant
enfuite venu demander excufe
de fes emportemens, il me jetta
par de nouvelles & frequentes
follicitations, dans un embarras
qui me fit tout apprehender de
fes extravagances. Je les declarai
à Aben-azar, il m'en demanda
mille pardons, & prenant tout
d'un coup une refolution digne
d'un honnête homme, il me
propofa de monter avec lui un
Vaiffeau qui partoit le lendemain pour Ormus. Je l'acceptai

avec une extrême joye ; il fe mu-
nit de pierreries , nous nous em-
barquâmes enfemble , & nous é-
tions bien loin du Port, avant
que cet Amant ridicule foupçon-
na feulement notre fuite.

Me voilà donc , Seigneur , fur
mer avec Aben-azar dans le deffein de reprendre la route d'Aftracan , lorfque nous ferions arrivez à Ormus ; nous avions les
vents très-favorables , & nous
efperions y arriver bien-tôt, lorfqu'il furvint tout d'un coup une
tempête effroyable , qui après
avoir battu notre Vaiffeau pendant dix-fept jours fans relâche,
le fit brifer en mille pieces fur un
rocher qui ne paroiffoit pas bien
éloigné de terre. Prefque aucun
de nous ne perit dans ce naufrage, les débris du Vaiffeau dont
nous nous faifimes , nous porterent à bord : mais quelle fut no-

tre douleur d'apprendre par notre Pilote que nous étions dans
une Ifle deferte , dans laquelle
le Roi de Serendib releguoit ordinairement ceux de fes fujets
qui avoient merité la mort , qu'il
ne venoit point de Vaiffeau à
cette Ifle , fi ce n'étoit une fois
l'an, & qu'encore il y avoit des
années entieres où , faute de
coupables, il n'en arrivoit aucun.

Cette trifte nouvelle nous affli-
gea fort, nous parcourûmes l'Ifle,
nous y trouvâmes quelques legeres habitations à moitié rui-
nées , mais nous n'y trouvâmes
point d'habitans. Nous vêcumes
pendant près d'un mois avec
beaucoup d'œconomie de quelques provifions que la mer nous
envoïa de notre propre Vaiffeau;
& nous fûmes enfuite contraints
d'avoir recours à des fruits dont
le

le goût étoit fort des-agréable.
Enfin, Seigneur ; la plûpart de
nos compagnons étoient déja
morts de misere , lorsque nous
vîmes de loin un Vaisseau qui
paroissoit venir droit à nôtre Isle;
nous ne nous trompâmes point,
c'étoient les éxilez de Serendib.
Il avoit plus de trois ans qu'on
n'y avoit amené personne , ainsi
que nous l'apprîmes ensuite ; &
si l'arrivée de ce Vaisseau avoit
été differée de quelques jours,
nous aurions tous péris misera-
blement.

On mit à terre les coupables ,
ils étoient au nombre de cinq
seulement ; on leur laissa quelques provisions de bouche , &
celui qui conduisoit le Vaisseau
nous ayant reçû dans son bord ,
nous prîmes la route de Serendib.

Nous n'étions resté que neuf
en vie de tous ceux qui étoient

échapez du naufrage ; Aben-azar
étoit de ce nombre , & j'arrivai
avec lui à Serendib. Je ne m'éten-
drai point, Seigneur , fur les richeffes & la magnificence du jeune Monarque qui y regne , qu'il
vous fuffife de favoir que c'eft un
des plus puiffans & des plus équi-
tables Rois de la terre , & qu'il
eut la bonté de nous recevoir
avec toute forte de diftinction.
Ce que j'avois fouffert dans l'Ifle
des éxilez & la fatigue du Vaiffeau m'avoient rendu mécon-
noiffable , ce Prince crut pourtant diftinguer fur mon vifage
quelques traits de beauté , &
ayant ordonné qu'on eut pour
moi toutes les attentions poffi-
bles ; le repos & la bonne nour-
riture , me rendirent bien - tôt
mon premier embonpoint , &
m'attirerent fes regards.

J'étois logée avec Aben-azar,

qui paſſoit toûjours pour mon
époux, dans l'exterieur du Palais
de ce Prince. Je recevois à tout
moment de nouvelles marques,
du deſir qu'il avoit de me plaire;
mais ſes aſſiduitez étoient trop
reſpectueuſes pour allarmer ma
pudeur. Cependant ſa paſſion au-
gmentoit à chaque inſtant, & elle
devint bien-tôt ſi violente, qu'il
reſolut, ſans pourtant bleſſer ſon
équité, de mettre tout en uſage
pour rompre un mariage dont
l'étroite union le rendoit extrêmement jaloux. Il fit appeller
Aben-azar, & après avoir pris
auprès de lui toutes les précautions les plus délicates pour lui
découvrir ſon amour, il lui pro-
poſa de lui donner des richeſſes
immenſes, & vingt autres femmes à choiſir dans ſon Serail,
s'il vouloit me repudier, & m'engager à répondre à ſa paſſion.

Aben-azar, Seigneur, qui con-
noissoit à fond le secret de mon
cœur, & qui sçavoit bien que
je n'aurois pas grand égard aux
sentimens interessez du Roi, fut
interdit à cette proposition : Seigneur, lui dit-il, si ce que vôtre
Majesté me demande dépendoit
entierement de moi, je puis
l'assurer qu'il n'est point d'effort
que je ne fisse sur moi-même
pour la satisfaire ; mais en épou-
sant la belle Fatmé, c'est ainsi
que je m'étois fait appeller à A-
den & à Serendib, je me suis
engagé par des sermens horri-
bles à ne la repudier que de son
consentement. Obtenez d'elle,
Seigneur, qu'elle y donne les
mains, je vous jure que quelque douleur que j'aye de perdre
une femme d'un merite aussi rare, je ne combattrai point ses
sentimens, & que je vous la ce-

derai fur le champ ; mais il faut
la préparer à cette propofition
par toutes les complaifances dont
vôtre amour ingenieux eft capable, autrement, elle s'effraye-
roit furement de l'idée d'une féparation qu'elle m'a affuré. cent
fois devoir faire tout le malheur
de fa vie.

On ne pouvoit répondre au
Roi de Serendib avec plus de
prudence. Ce Monarque amoureux embraffa mille fois Aben-
azar & le combla de fes bien-faits.

Je fus bien-tôt avertie des
prétentions de ce Prince, quelque répugnance que j'euffe à
flatter un amour auquel j'étois
refoluë de ne rien accorder de
contraire aux fentimens de tendreffe que j'avois confervé dans
mon cœur pour vôtre augufte
Majefté. Aben-azar appuya cette
tromperie de raifons fi folides,

que je fus obligée de feindre &
d'avoir quelques égards pour ce
Prince. Il ne crut pas plûtôt s'appercevoir qu'il avoit fait du progrès fur mon cœur, qu'il en
donna des marques de joye é-
clatantes par mille fêtes où
regnerent la profufion & la magnificence. Aben-azar même qui
ainfi que moi, Seigneur, ne vous
croyoit plus en vie, me confeil-
loit très-ferieufement de répondre à la tendreffe du Roi & d'accepter le Trône de Serendib ;
mais j'ofe vous affurer, & la
fuite de mes avantures en fait
foi, que je n'ai jamais voulu é-
couter cette propofition, toute
glorieufe qu'elle pût m'être. Enfin ce Monarque qui n'avoit
encore ofé depuis trois mois
me faire aucune déclaration
précife, commençoit à concevoir de telles efperances d'être

aimé & d'obtenir mon confentement pour ma repudiation ,
qu'il devoit dans peu m'offrir fa
main & fon Trône , lorfque l'arrivée d'Abubeker à Serendib ren-
verfa tous fes projets.

C'eft à ce fidele fujet , Seigneur ,
à vous conter à prefent le refte
de mon hiftoire ; je vous dirai
feulement que je fus tranfportée
de joye quand j'appris de lui que
vous étiez encore vivant , & que
je crus alors devoir inftruire le
Roi de Serendib de ma qualité ,
& de la tromperie d'Aben-azar.
Quelque amoureux que fut ce
Monarque , après être revenu de
fon étonnement au récit de vos
avantures & des miennes , il re-
nonça genereufement à la poffef-
fion d'un cœur qui ne vouloit
point être à lui , & m'offrit tout
ce qui dépendoit de fa grandeur
pour me renvoyer à Aftracan.

J'acceptai seulement un Vaisseau pour me conduire jusqu'à Ormus. Nôtre voyage a été heureux ; j'ai traversé en suite toute la Perse , accompagnée seulement du fidele Aben-azar que voici , & d'Abubeker qui ignoroit qui j'étois ; & j'ai eu la consolation, Seigneur , de vous redonner la vûë en vous rendant une épouse qui a fait jusqu'à present , & qui fera toûjours son unique bonheur. de vous plaire & d'être tendrement aimée de vôtre Majesté.

Le Roi d'Astracan ne pouvoit retenir ses larmes aux nouvelles protestations de tendresse de Zebd-El-Caton. Il l'assura mille fois d'un amour éternel , après quoi , se tournant vers Abubeker, il lui ordonna de parler à son tour. Quelque empressement, lui dit-il , mon cher ami, que j'aie d'apprendre la conclusion des

des avantures de ma belle Reine ; n'obmets, je te prie, aucunes
circonſtances de celles qui te ſont
arrivées dans un voyage de ſi
long cours. Je ne doute point
que tu n'en ayes eu d'aſſez particulieres ; & de quelque nature
qu'elles puiſſent être, je me pre-
pare à t'entendre avec tout le
plaiſir poſſible.

Abubeker ne repliqua au Roi
que par une profonde inclination, qui marquoit ſon obéïſſan-
ce. Il ſe r'aſſit enſuite à ſa place,
& voici de quelle maniere il raconta ce qui lui étoit arrivé depuis ſon départ d'Aſtracan.

AVANTURES

Du Medecin Abubeker.

VOus n'ignorez pas, Seigneur, que les railleries des Medecins d'Aftracan au fujet de l'Oifeau de Serendib, furent un puiffant éguillon pour me faire entreprendre ce voyage; mais je vous avoüerai naturellement que je me repentis bientôt d'avoir ajoûté foi au manuf-crit Arabe; je l'avois lû étant fort jeune, il ne m'en étoit ref-té que des idées très-confufes, & je n'étois pas bien fûr que l'oifeau en queftion fut à Serendib, c'eft pourquoi je me déterminai avant que de prendre la

route de cette Ifle à aller confulter quelqu'un de ces fameux
Philofophes qui font leurs de-
meures fur une petité montagne
fituée au milieu des Indes. Je,
m'éloignai donc d'Aftracan dans
cette intention ; & après avoir
traverfé la mer Cafpie, j'arrivai à
Derbent. * J'y cherchai en vain
la femme dont j'avois befoin pour
rendre la vûë à vôtre Majefté ; elle ne s'y trouva pas, non
plus que dans toute la Perfe. Je
paflai à Tauris, de Tauris à Hifpahan, & d'Hifpahan à Schiraz,
où je fis quelque féjour : mais
oferai - je bien vous raconter,
Seigneur, ce qui m'arriva dans
cette Vlle : oüi, fans doute ? &
je divertirai vôtre Majefté par

*? Ville de la Province de Servan en Perfe
au pied du Mont Caucaze : elle eft appellée
Temir-Capi, ou porte de Fer, parce que
c'eft un paffage qui met la Perfe à couvert
des courfes de fes ennemis.

mes extravagances, puifqu'elle
m'a fi précifement ordonné de
ne lui rien cacher de mes avantures. J'avois oüi parler de la
fille du Cadis de Schiraz ,
comme d'une perfonne d'une
beauté achevée. Je l'avois vû
paffer plufieurs fois devant ma
porte ; & quoique fon vifage &
fa taille fuffent cachées par un
grand voile fort épais, je m'en
étois fait un idée fi charmante,
que j'en perdois le boire & le
manger ; mais un coup de vent
ayant un jour relevé le voile qui
couvroit tant de perfection, j'en
fus ébloüi, & je refolus de tout
tenter pour me faire aimer d'une
perfonne fi accomplie. Je ne
fongeois pas que j'avois près de
cinquante ans, & que je n'étois
plus d'un âge à exciter de gran-
des paffions dans le cœur d'une
jeune perfonne ; mon fol amour

me fit tout oublier. Je fis confidence de la tendreſſe que j'avois pour Schahariar, c'eſt ainſi que ſe nommoit cette charmante fille , à une vieille femme qui étoit voiſine du Cadis , & qui avoit accès dans ſa maiſon, & lui promettant une groſſe recompenſe ſi elle pouvoit toucher le cœur de Schahariar en ma faveur ; elle parut y travailler de tout ſon pouvoir, & me faiſant ma maîtreſſe tantôt cruelle & tantôt prête à ſe rendre , ſelon que cela lui étoit utile , elle m'aſſura enfin que cette charmante fille étoit reſoluë à m'accorder tout ce que je ſouhaitois d'elle. Je payai cette nouvelle fort graſſement ; je me preparai pour le rendez-vous que j'avois reçû. J'allai me mettre le plus propre qu'il me fut poſſible ; & je ne manquai point à l'heure marquée. Je

fus introduit par la vieille dans
la maison du Cadis ; & une jeune
esclave m'ayant fait monter par
un petit degré jusqu'au haut de
la maison, m'enferma dans un
Cabinet où je ne fus pas long-
temps sans voir arriver l'objet de
mes désirs. Je fus si transporté
à cette vûë, que je me jettai à
ses genoux, & je les lui em-
brassois malgré sa resistance, sans
pouvoir proferer une seule parole, lorsque le Cadis son pere entra dans le Cabinet. Ma frayeur
fut extrême en ce moment,
Schahariar s'évanoüit, en lisant
dans ses yeux toute sa colere, &
le Cadis l'ayant fait reporter à
son appartement, je restai le
seul objet de sa fureur. Son premier dessein parut être de me
faire donner la mort sur le
champ, mais changeant de resolution, il me fit lier les pieds

& les mains, & voulant faire un
exemple public de mon info-
lence, il me laiſſa juſqu'au lendemain en la garde de deux eſclaves noirs.

Je ne ſçaurois aſſez, Seigneur,
pourſuivit Abubeker, vous re-
preſenter ma douleur & ma confuſion ; je voyois bien que j'étois
devoüé à la mort, mais je n'a-
vois de regret à la vie que par
rapport à vôtre Majeſté, & je me
reprochois ſans ceſſe d'être la
cauſe, peut-être, que vos maux
ne finiroient jamais. Je crus voir
mes gardes ſenſibles à ma douleur ; je leur offris tout ce qui
dépendoit de moi, s'ils vouloient
me laiſſer échapper ; ils rejette-
rent d'abord ma propoſition,
mais l'un des deux paroiſſant plus
touché que l'autre, fit tant auprès de ſon camarade, qu'il vint
à bout de le gagner, il ne s'a-

giffoit plus que de fçavoir de
quelle maniere je pourrois me
fauver. Il y avoit à ce Cabinet
une très petite fenêtre qui donnoit fur la ruë ; ils me propoferent de me fervir des cordes dont
j'étois lié pour me defcendre par
cet endroit : je l'acceptai avec
joye, on me délia, & je me mis
en état d'exécuter ce que nous
venions de projetter : mais par
malheur l'ouverture de la fenêtre fe trouva fi étroite, que c'é-
toit tout ce que je pouvois faire
que d'y paffer tout nud. Je ne
balançai point à me dépoüiller ;
je reftai en chemife & en calçon,
& mes gardes m'ayant promis
de me jetter mes habits quand je
ferois dans la ruë. Je fortis avec
affez de peine, & me laiffai glif-
fer tout le long de la corde, qui
malheureufement pour moi fe
trouva trop contre : l'obfcurité

m'empêchoit de voir de combien il s'en falloit que je ne touchaſſe à terre ; mais n'ayant point d'autre parti à prendre, pour éviter la colere du Cadis, je me déterminai, quelque accident qui pût m'en arriver, à ſauter ce qui m'en reſtoit. J'exécutai ma reſolution, mais vôtre Majeſté jugera de mon étonnement, quand je me ſentis envelopé dans un filet qui avoit été placé exprès pour me recevoir, & que j'entendis de grands éclats de rire qui procedoient de mes gardes. Ah, Seigneur, quelle fut ma douleur & ma rage de connoître en ce moment que j'avois été la dupe de Schahariar, & qu'elle ſe vengoit auſſi cruellement de l'amour que j'avois eu pour elle. Je fis mille douloureuſes reflexions ſur mon malheur, & de vains efforts pour

rompre les mailles du filet. La
piéce avoit été trop bien con-
certée, je n'en pus venir à bout,
je paſſai toute la nuit qui étoit
aſſez froide dans ce cruel état,
& j'eus la confuſion le jour ſuivant de voir tout Schiraz accou-
rir en foule à un ſi riſible ſpec-
tacle. Enfin le Cadis fit ceſſer
cette plaiſanterie ſur le ſoir, on
deſcendit le filet, J'en fus tiré,
je reçus par ſon ordre cinquante coups de bâtons bien appli-
quez, l'on me rendit mes habits
& l'on me permit enſuite de retourner à mon logis à la faveur
de la nuit. Je le regagnai avec
aſſez de peine ſans dire à mon
hôte le ſujet de mon abſence,
il avoit été un des premiers témoins de ma honte, mais heureuſement il ne m'avoit pas reconnu, & j'eus encore le chagrin d'entendre tout au long mon

hiſtoire, & d'être obligé d'en rire pour ne lui pas faire croire que j'en étois le principal perſonnage.

Vous pouvez croire, Seigneur, que je fus gueri bien promptement de mon amour, & qu'après une telle avanie, je ne fis pas long ſejour dans Schiraz, j'en ſortis dès le lendemain. Je gagnai Ormus, & m'embarquant ſur le premier Vaiſſeau qui partit pour les Indes, nous deſcendîmes à Diù; * je n'y trouvai point encore ce que je cherchois : je traverſai une partie des Indes, & j'arrivai enfin vers l'habitation des Sages ** ou Gymnoſo-

* L'Iſle de Diù eſt à vingt lieuës de l'entrée du Golphe de Cambaye , les Indiens la nomme Dive en prononçant fort doucement cette derniere lettre. Ce mot en Indien ſignifie l'Iſle : & l'on nomme celle-ci Diù ou Dive tout court par excelleuce.

** Cette demeure des Sages Indiens qui

phiftes Indiens ; ils demeurent
fur une petite montagne fort
élevée prefque au milieu d'une

étoient à peu près les Jogues ou Joguis dont
j'ai déja parlé, étoit juftement au milieu des
Indes : il y avoit fur la Montagne qu'ils
habitoient, un Puits facré, & le plus folem-
nel ferment qu'on pût faire étoit de jurer
par l'eau de ce Puits. Près de ce lieu on
voyoit un grand Baffin en forme d'un Ré-
chaut plein de feu, d'où fortoit une flamme
de couleur de plomb fans fumée ni odeur,
qui ne paffoit jamais les bords de ce Baffin:
c'étoit là que les Indiens fe venoient purifier
des fautes qu'ils avoient commifes, & la raifon pour laquelle leurs Sages les nommoient
le Puits de la faute & le Baffin du Pardon.
On y voyoit encore deux Tonneaux de Pierre noire , l'un pour la pluye & l'autre pour
les vents; celui de la pluye s'ouvroit quand
l'Inde étoit affligée d'une extrême feche-
reffe & il en fortoit auffi-tôt des nuages qui
l'arrofoient d'un bout à l'autre : & lorfque les
pluyes trop exceffives pouvoient nuire aux
biens de la terre , en fermant ce Tonneau
& ouvrant l'autre où étoient les vents, l'hu-
midité ceffoit, & l'air devenoit doux & fe-
rain. C'étoit encore en ce lieu-là que l'on
avoit coûtume de venir prendre le Feu facré qui fervoit aux Sacrifices.

plaine , & ceinte d'un rocher
ainfi que d'une forte muraille.
Ce lieu eft ordinairement entouré d'un broüillard épais qui
les rend vifibles ou invifibles ,
fuivant leurs volontez ; mais apparemment qu'ils ne s'opoferent
pas à mes deffeins , puifque je
parvins jufqu'à eux , & que j'y vis
ces merveilles fi rares appellées
le Puits de la faute , le Baffin du
pardon , les Tonneaux fi falu-
taires à l'Inde , d'où fortent les
pluyes & les vents , & le Feu facré qu'ils fe vantent d'avoir al-
lumé immédiatement des raïons
du Soleil.

Ah , Seigneur , que j'eus lieu
d'être content de mon voyage ,
puifque j'appris des Sages Indiens que je trouverois , non-
feulement a Serendib l'Oifeau
qui m'avoit été enfeigné par le
manufcrit Arabe , mais encore

que j'y rencontrerois la seule
personne qui étoit destinée à
vous rendre la vûë.

Je partis de ce lieu avec une
extrême confiance, aux promesses des Sages Indiens ; je traver-
sai plusieurs Villes sans accident;
mais comme je passois par un
bois assez épais, je fus arrêté par
huit Voleurs qui, après m'avoir
pris mon cheval, & tout ce que
je possedois, tinrent entr'eux
conseil pour sçavoir s'ils m'égor-
geroient ; les uns furent de cet
avis, mais les autres plus cruels
encore s'y opposerent. Il y en
avoit un d'eux fort mal monté;
il s'empara de mon cheval, &
ayant ouvert le ventre au sien
avec son sabre, il le vuida, me
dépoüilla tout nud, me lia les
pieds & les mains, & m'ayant
mis dans le corps de ce cheval,
il chevilla sa peau de maniere

qu'elle étoit comme recousuë ; & abandonnant ce lieu avec ses camarades, ils me laisserent prêt à périr par un genre de mort inoüi jusqu'alors.

J'étois presque suffoqué , & j'allois sans doute rendre les derniers soûpirs , quand quelques passagers traverserent la route auprès de laquelle j'étois, mes plaintes allerent jusqu'à eux. Ils me chercherent long-tems sans me trouver, mais l'un d'eux s'étant approché du cheval, & aïant rémarqué que ce qu'il entendoit paroissoit sortir du ventre de cet animal , il s'en éloigna avec frayeur ; ses compagnons furent plus hardis , ils retournerent le cheval, & l'ayant déchevilé, ils m'en tirerent avec une surprise extrême : j'étois à demi mort, mais à peine eus-je pris l'air que je commençai à donner des si-

gne de vie. Je revins peu à peu,
& ayant raconté à ces charita-
bles personnes la cruauté de mes
voleurs, ils en eurent horreur. Je
me lavai au premier ruisseau, l'un
d'eux me donna un méchant habit, & comme ils tenoient le
chemin que j'avois resolu de suivre, ils me permirent d'aller en
leur compagnie ; J'arrivai avec
eux à Gingi, * nous allâmes loger dans un Caravanserail, &
je fus surpris autant qu'on puisse
l'être d'y voir mon cheval, &
d'y reconnoître mes voleurs. Je le
dis à mes compagnons ; ils trouverent cette rencontre fort heureuse, & quelques-uns d'eux é-
tant allé trouver le Gouverneur
de cette Ville, ils revinrent avec
lui, & se saisirent de ces scelerats. Ils avoüerent leur dernier

* Cette Ville est dans le Royaume de Bi-
nagar.

crime

crime, & quantité d'autres, on me rendit tout ce qu'ils m'a-voient volé, & ils en furent punis le lendemain par des supplices dignes de leur cruauté.

Comme en racontant mes a-vantures à ceux qui m'avoient ti-ré du ventre du cheval, je leur a-vois dit que j'exerçois la Medeci-ne, & que mon intention étoit d'aller à Serendib chercher un remede pour rendre la vûë à vô-tre Majesté; ils avoient fort vanté ma capacité au Gouverneur de Gingy, & je trouvai moyen de l'exercer bien plaisamment à l'endroit d'un de ses fils, mais je ne sçai, Seigneur, si je pourrai vous raconter cette avanture a-vec assez de délicatesse.

Sarama, c'est ainsi que se nom-moit ce Gouverneur, me témoi-gna beaucoup de joïe de me voir: l'on m'assûre, dit-il, que vous

êtes un Medecin très - experi-
menté, & je n'en sçaurois douter, puisque le Roi d'Astracan
vous envoye si loin chercher
le remede dont il a besoin. J'ai
un fils qui, depuis huit jours, est
devenu hipocondriaque, & pas
un de nos Medecins n'a pû le
guerir de sa folie, il faut avouer
aussi qu'elle est des plus nouvelles & des plus particulieres. Il
s'est imaginé qu'il doit un jour
inonder tout le Royaume de Bis-
nagar, rien ne lui a pû ôter cette
imagination de la tête, & sur ce
fondement, il retient son eau
avec une obstination si grande,
qu'il est en danger d'en mourir
si l'on ne trouve le secret de
remettre son esprit dans sa premiere assiete. Cela n'est pas aisé,
repliquai-je, Seigneur, les ma-
ladies de l'esprit sont plus difficiles à guerir que celles du corps,

mais je puis bien vous affurer
que j'y apporterai remede avant
qu'il foit quatre heures. Sarama me regarda avec admiration ; il me fit conduire promptement à fon Palais , & ayant
fait préparer par mon ordonnance un bain tiede , il y fit entrer
fon fils : quand je vis ce jeune
homme à peu près dans la dif-
pofition où je le voulois , & qu'il
n'y avoit plus que la feule volonté de guerir qui lui manquoit ,
je fortis de fa chambre & j'or-
donnai aux efclaves de Sarama
de crier au feu de toutes leurs
forces , & de faire paroître avec
de la poix-raifine & du fouffre ,
des flammes à la porte & aux
fenêtres de la chambre du malade , je rentrai alors contrefai-
fant l'épouvanté. Ah , Seigneur ,
m'écriai-je , à ce jeune homme ,
tout nôtre efpoir eft en vous

feul , voyez le ravage que le feu fait dans Gingi , la moitié de la Ville eſt déja conſumée , les flammes gagnent le Palais, & nous ſommes tous en danger d'être bien-tôt reduits en cendre ſi vous ne nous ſauvez de l'incendie ge‐neral. Le fils de Sarama ſortit du bain tout effrayé; eh que faut‐il donc que je faſſe pour l'étein‐dre , me dit-il ? ah , Seigneur, continuai-je , donnez un paſſage libre à vos eaux , ſemblables aux cataractes du Nil , elles ſeules ſuffiſent pour nous preſerver de l'embraſement. Vous avez raiſon, reprit ce jeune homme d'un grand ſens froid , je n'y penſois nullement , & je ne pouvois pas m'imaginer que l'inondation que je croyois ſi dommageable à mon Païs , & pour lequel je ſa‐crifiois ma vie, dût lui être ſi ſalu‐taire. Alors déferant à mon con‐

feil, il rendit très-copieufement
l'eau qu'il gardoit depuis fi long-
tems. J'avois donné ordre qu'on
éloigna les flammes à mefure que
ce jeune homme auroit lieu de
croire qu'elles devoient ceffer; on
exécuta très-ponctuellement ce
que j'avois commandé, & des
gens que j'avois apofté pour
venir remercier le Prince de les
avoir fauvé du feu, finirent cette
rifible comedie, que l'on re-
commençoit toutes les fois que
le fils du Gouverneur retomboit
dans fa manie.

Il n'eft point de remerciment
que je ne reçûffe de Sarama; il
paya fort genereufement mes
avis, qui furent fi utiles à
fon fils, qu'il guerit enfin radicalement, ainfi que je l'ai appris à mon retour. Mais, Seigneur, il faut que je vous raconte une avanture fort plaifante

qui arriva chez ce Gouverneur; c'étoit un homme d'étude, & chez lequel il y avoit toûjours un grand concours de gens de lettres.

Un jour que Sarama tenoit chez lui une espece d'academie où il m'avoit fait l'honneur de m'appeller; il y entra un Arabe de fort bonne mine qui se tint de bout jusqu'à ce que Sarama lui eut fait signe de s'asseoir, cet Arabe lui ayant demandé où il lui plaisoit qu'il prît sa place : le Gouverneur lui répondit, mettez-vous où vous vous trouverez le plus commodement. L'Arabe alors, sans faire aucune ceremonie, alla s'asseoir sur un coin du Sopha où étoit placé Sarama. Surpris de la hardiesse de cet étranger, le Gouverneur dit à un de ses Officiers, puisque cet homme

eſt ſi indiſcret , allez lui faire
une reprimande , & faites-lui en
même tems quitter la place qu'il
a priſe. L'Arabe ayant entendu
ce commandement , répondit
au Gouverneur , tout beau , Seigneur , celui qui commande ſi
legeremeut , eſt ſujet à ſe repentir. Sarama qui avoit parlé
en langue Siriaque à ſon domeſ-
tique , qui étoit de Sirie , étonné
d'entendre ainſi parler l'Arabe,
lui demanda s'il ſçavoit cette
langue ; je l'entends non - ſeulement , repliqua-t-il , mais encore pluſieurs autres : alors entrant en diſpute avec les doc-
teurs aſſemblez , il leur impoſa
bien-tôt ſilence. Il nous redui-
ſit tous alors à l'écouter , & à
apprendre de lui beaucoup de
choſes que tous ne ſçavions pas.

La diſpute étant finie Sarama rendit beaucoup d'honneur

à l'Arabe , & le retint auprès
de lui , pendant que les Muſiciens qu'il avoit fait venir ſe
mirent à chanter ; l'Arabe ſe
mêla avec eux , & les accom-
pagnant avec un Lut qu'il prit
en main , il ſe fit admirer de
toute l'aſſemblée qui lui demanda s'il n'avoit point quelque
piece de ſa compoſition ; il en
tira une ſur le champ de ſa po-
che avec toutes ſes parties ,
qu'il diſtribua aux Muſiciens ,
& continuant à ſoûtenir leurs
voix de ſon lut , il nous mit tous
de ſi belle humeur , que nous
nous mîmes à rire de toutes nos
forces ; après quoi, faiſant chanter une autre de ſes pieces , il
nous fit tous pleurer : & changeant enſuite de mode , il nous
provoqua tous au ſommeil le
plus agréable , alors ayant pris
un poinçon , il écrivit ſur le
manche

manche du luth dont il s'étoit
servi, ces paroles: Abounaffar *
est venu, & les chagrins se «
font diffipez; ensuite il se re- «
tira, & nous laiffa tous très furpris à nôtre reveil d'être tombez
dans un pareil Enchantement.

Je partis ensuite de Gingy pour
aller à Negapatan, ** où je pré-
tendois m'embarquer pour Serendib; mais plus j'approchois,
pour ainfi dire du Port, & plus
la fortune sembloit me mettre
à deux doigts de ma perte. Je

---

* Abulfeda Auteur Arabe raconte pareille
chofe de Farabi, ou Fariabi; ce docteur,
felon lui, étoit le Phenix de fon fiecle, le Co-
riphée des Philofophes de fon tems, & fur-
nommé Maallem-Tfani; c'eft-à-dire le fecond
maitre, parce que celui dont il avoit appris
de fi beaux fecrets, n'en fçavoit gueres plus
que lui: l'Auteur Arabe ne nomme pas celui
qui les lui avoit enfeigné.

** Ville de la Province de Coromandel fur
le Golphe de Bengala.

n'avois plus que quelques lieues
à faire pour arriver à cette Ville, lorſque je fis la rencontre de
deux Indiens à pied, qui me parurent être de fort honnêtes gens;
nous allâmes quelque tems le
même chemin, en nous entretenant de choſes fort indifferen-
tes : mais comme j'étois à cheval, & qu'il n'y avoit pas loin
d'où nous étions à la Ville, je
crûs qu'il y auroit de l'impoli-
teſſe à ne pas mettre pied à terre;
je le fis donc, & je marchois
tranquillement avec ces deux
hommes, lorſque l'un me jettant une corde au col, il m'en-
traîna avec ſon camarade hors
du chemin, & ils me conduiſi-
rent à l'entrée d'un bois, où,
après m'avoir volé & dépoüillé, ils me jetterent dans une
foſſe qui avoit près de douze
piéds de profondeur. Ces deux

fcelerats , dont je ne m'étois point défié , attacherent alors mon cheval à un arbre , ils s'affirent enfuite fur le bord de cette foffe , & plaifantant entr'eux de ma fimplicité ; ils partagerent à ma vûë tout ce qu'ils m'avoient volé. Eh , Seigneurs, leur criai-je, foyez touchés de quelque humanité , & fi vous n'avez pas voulu me donner la mort , ne permettez pas que je devienne la pâture des bêtes feroces ; donnez-moi feulement mon arc & mes fléches , afin que tant que je ferai en vie , je ne fois pas du moins déchiré par leurs dents carnacieres : mes voleurs ne crurent pas devoir me refufer fi peu de chofe , ils me jetterent mon arc & mon carquois , mais ils furent bien-tôt punis de leur fotife, avant qu'ils euffent le tems de fe lever de leur place , je

les perçai chacun d'une fléche,
dont ils tomberent mort & rou-
lerent avec tout leur butin dans
la fosse où ils m'avoient jetté,
je leur ôtai ce qu'ils m'avoient
volé, & les ayant mis l'un sur
l'autre, leurs corps m'éleverent
assez pour me donner lieu de
sortir de l'endroit où j'étois. Je
remontai sur mon cheval, je repris mon chemin, & après avoir
séjourné quelques jours à Negapatan, je m'y embarquai pour
Serendib où j'arrivai heureuse-
ment.

Mon premier soin, Seigneur;
quand je me vis dans cette Isle,
fut de m'informer où je pourrois trouver l'Oiseau dont j'a-
vois besoin ; j'appris avec une
extrême satisfaction, qu'il étoit
dans les Jardins du Roi. Je ne
m'occupai alors qu'à chercher la
femme qui m'étoit necessaire, &

je fis pour cet effet publier par
toute l'Ifle une affemblée des
femmes des aveugles. Il en vint
un nombre infini ; je leur ex-
pofai de quoi il s'agiffoit, & je
leur promis des recompenfes
exceffives, mais il ne s'en trouva
point qui ofa monter fur l'arbre dangereux, & pas une ne
fe flatta d'être capable de redonner la vûë à vôtre Majefté.

J'étois dans un chagrin inconcevable de ne pouvoir réuffir
dans mon entreprife, & je commençois, Seigneur, à douter
de la prédiction des Sages Indiens, lorfque le Roi de Serendib m'envoya chercher par un
de fes Vifirs. Mon avanture a-
voit fait affez de bruit dans fon
Ifle pour être parvenuë jufqu'à
lui ; il avoït eu la curiofité de
la fçavoir par moi-même, & j'eus
l'honneur, Seigneur, de lui ra-

conter toute vôtre hiſtoire depuis ſon commencement juſqu'à mon départ , en préſence
d'un jeune homme d'aſſez bonne
mine , & une Dame voilée qui
parut l'écouter avec beaucoup
d'émotion.

Ce Monarque fut très - ſenſible à vos malheurs, mais il ne
put s'empêcher de rire de la douleur que je témoignois de ne
point trouver une femme qui
crut ſa vertu & ſa tendreſſe aſſez
épurée pour monter ſur l'arbre
de Serendib. J'ai appris, me dit-
il , par tradition , que l'Oiſeau
merveilleux qui eſt dans un de
mes Jardins , eſt un Genie qui
depuis près de deux cens ans ,
eſt ſous cette forme, pour quelque chagrin qu'il donna à un des
Sages qui habitent ſur la Montagne du Feu ſacré ; je ſçai encore qu'il ne doit ſortir de l'eſ-

clavage que lorſqu'une femme ,
après avoir monté juſqu'au faîte
de l'arbre ſur lequel il fait ſa
réſidence , & après avoir puiſé
de la divine liqueur qui coule
de ſon becq , en ſera deſcenduë
ſans avoir éprouvée le tranchant
de cet arbre, mais il faut que cette
femme ait par devers elle des
qualitez ſi éminentes & ſi ſin-
gulieres , que je crois franchement que l'Enchanteur reſtera
toûjours Oiſeau , & que le Roi
d'Aſtracan ne recouvrera jamais
la vûë par ce moyen.

La Dame voilée parut piquée
de la plaiſanterie du Roi de Serendib ; mais, Seigneur, lui dit-
elle , quoique cette femme puiſſe être aſſez rare , vous croyez
donc qu'il eſt abſolument impoſſible de la trouver : ſi vous
voulez que je parle naturellement, Madame, reprit le Mo-
H h iiij

narque, je crois qu'Abubeker fait
une recherche inutile, & qu'une
femme d'un caractere ſi particulier, ne peut paſſer que pour
un être imaginaire. Eh bien,
Seigneur, repliqua la Dame en
levant ſon voile, je veux vous
convaincre du contraire, & venger l'honneur de mon ſexe que
vous mepriſez tant : ce ſera moi
qui ferai l'épreuve de l'arbre dangereux ; & je ſerai moins crain-
tive qu'un grand nombre de
femmes qui ont auſſi bien que
moi, les conditions requiſes pour
monter ſur cet arbre, mais qui
ne manquent que de courage
& de hardieſſe. Vous ! Madame,
s'écria le Roi de Serendib, tout
éperdu ? Vous ! faire l'épreuve
de l'arbre dangereux ? ſongez-
vous bien à ce que vous dites ?
Et quand même je permettrois
que vous l'entrepriſſiez, faites-

vous reflexion que vous n'avez
pas toutes les qualitez neceffaires, qu'il faut être pour cela femme d'un aveugle, & que vôtre
mari a deux bons yeux. Que cela
ne vous inquiéte pas, Seigneur,
reprit froidement cette Dame, je
vous éclaicirai ce myftere quand
il en fera tems, mais ma vertu
ne permet plus que je differe de
travailler à la guerifon du Roi
d'Aftracan.

Ce Monarque, Seigneur, s'oppofa vainement aux volontez de
la Dame, elle fut ferme dans fa
réfolution, & tout ce qu'il put
obtenir d'elle, ce fut qu'elle re-
mettroit l'exécution de ce projet
au lendemain matin. Je logeai
cette nuit au Palais par ordre
du Prince; & le bruit s'étant
répandu par toute l'Ifle, qu'il
s'étoit à la fin trouvé une femme qui devoit faire l'épreuve de

l'arbre dangereux ; le Palais du Roi fut dès la pointe du jour entouré d'une foule extraordinaire de ses sujets, qui le firent supplier de permettre qu'ils fussent spectateurs d'une si grande merveille ; il ne put leur refuser cette satisfaction, l'on ouvrit les portes du Jardin, & le Prince, à qui, sans doute, cette Dame avoir découvert qui elle étoit, n'ayant plus de raison pour la détourner de son dessein, la conduisit bien-tôt par la main jusqu'au pied de l'arbre. Elle quitta alors une longue robe qui pouvoit l'embarasser, & montant avec beaucoup de facilité de branche en branche jusqu'au sommet de cet arbre, elle y recüeillit la liqueur qui distilloit du becq de l'Oiseau, en emplit un flacon d'or qu'elle attacha à sa ceinture, & descendit aussi facile-

ment qu'elle étoit montée. L'air
rétentit alors de mille cris de
joye & d'admiration, & l'étonnement augmenta encore quand
on vit l'Oiseau s'envoler dans les
airs sans être retenu comme il l'é-
toit auparavant, & l'arbre sécher
de maniere qu'il n'y resta plus
une seule feüille.

Le Roi de Serendib ne pouvoit se lasser d'admirer la Dame
qui venoit de donner un exemple si éclatant de vertu & d'amour
conjugal. Que Schems-Eddin est
heureux, s'écria-t-il, de pouvoir
posseder une telle femme ? ah,
mon cher Abubeker, marque-
lui, je t'en conjure, combien je
suis sensible à son bonheur, il est
si grand que je ne vois rien qui
puisse l'égaler.

La Dame voilée écoutoit ces
loüanges avec une modestie qui
relevoit encore l'éclat de sa beau-

té. Que vous dirai-je davantage,
Seigneur , pourſuivit le Medecin , après avoir fait ſeulement
autant de ſejour à Serendib qu'il
en falloit pour préparer nôtre
retour , nous en partîmes acca-
blez de bien-faits & des liberalitez du puiſſant & ſage Mona-
que qui y gouverne avec tant
de juſtice & de moderation , &
nous arrivâmes à Ormus , ſans
avoir eſſuyé aucun des perils
auſquels on eſt ſi ſujet ſur mer
dans un voyage de long cours.
Nous traverſâmes enſuite toute
la Perſe ; Nous ſommes heureuſement arrivez à Aſtracan , où
je n'ai ſçû que dans ce moment,
Seigneur, & par la propre bouche de l'incomparable Zebd-El-
Caton , qu'Aben-azar que j'avois
toûjours regardé comme ſon é-
poux , n'eſt rien moins que ce
qu'il paroiſſoit , & que j'ai eu le

bonheur en contribuant à vous
rendre la vûë, de vous ramener
fans le fçavoir, une illuſtre époufe que vous avez ſi long-tems
pleuré, & fans laquelle vôtre
joye feroit imparfaite. Faſſe le
Ciel, fenfible à mes vœux, que
vous joüiſſiez, Seigneur, avec
cette incomparable Princeſſe,
d'une felicité qui ne foit point
interrompuë par la maladie ni
par la vieilleſſe; & que Dieu
aſſignant un jour fur vôtre a-
mour, le doüaire des Dames du
Paradis, elles mettent leur unique bonheur à être autant ai-
mées de vous, que l'eſt aujour-
d'hui la divine Zebd El Caton.

Les fouhaits d'Abubeker qui
finit ainſi fon hiſtoire, eurent un
plein effet; Schems-Eddin, l'heureux Schems-Eddin, après l'a-
voir comblé de bien-faits, ainſi
qu'Aben-azar & Ben-Eridoün,

vêcut dans une union charmante
avec son épouse, dont il eut plusieurs enfans, dignes heritiers de
leur vertu; & ils ressentirent encore l'un pour l'autre, dans un
âge presque décrepit, ces tendres
mouvemens qui ne semblent devoir se trouver que dans la jeu-
nesse.

Fin du troisième & dernier Tome.

AVERTISSEMENT.

L'On a ans doute attendu de moi un ouvrage d'auſſi long cours que les Contes Arabes ou Perſans. Je m'imagine voir le lecteur ſurpris & fâché peut-être , de trouver dans ce Volume , le dénoüement d'une Hiſtoire qu'il n'eſperoit qu'après un nombre conſiderable d'autres avantures ; cette petite colere auroit ſon merite , puiſque ce ſeroit une marque que cette lecture ne l'auroit pas ennuyé, mais il eſt bon de rendre raiſon de mon travail : quoique ce livre ſoit intitulé , *Les mille.& un quart d'heure*, pour peu que l'on y faſſe attention , on connoîtra que je n'ai point eu deſſein de rapporter toutes les hiſtoires qui ont été racontées au Roi d'Aſtracan.

Il y a plus de deux ans, (fuivant ce que j'en ai dit au feüil-
let 64. du premier Volume,) il
y a plus de deux ans, dis-je, que
le Medecin Abubeker eſt parti
pour l'Iſle de Serendib, lorſque
Ben-Eridoün entreprend de divertir Schems-Eddin de la perte
qu'il a faite de ſa femme & de
ſa vûë; je puis donc ſuppoſer
qu'il y a environ neuf cens quart
d'heures d'employés par differens particuliers, ce ne ſont pas
ceux-là que j'ai entrepris de donner au public, je me ſuis fixé à
ceux que Ben-Eridoün fait paſſer
au Roi d'Aſtracan. Heureux ſi
le lecteur y a pris autant de plaiſir que l'on peut ſe flatter que
Schems - Eddin en a reçû, & ſi
la briéveté de l'ouvrage eſt le
ſeul défaut que l'on puiſſe reprocher à l'Auteur.

TABLE

DesHiſtoires contenuës dans
ce troiſiéme Volume.

Tom. III.

Fin de la Table du troisiéme
& dernier Tome.

imprimer ledit Livre en tels Volumes, forme, marge, caractere, conjointement ou separement & autant de fois que bon lui semblera, & de le vendre, faire vendre & débiter par tout nôtre Royaume, pendant le temps de huit années consecutives, à compter du jour de la date desdites Presentes : Faisons défenses à toutes sortes de personnes de quelque qualité & condition qu'elles soient, d'en introduire d'impression étrangere dans aucun lieu de nôtre obéïssance : Comme aussi à tous Libraires, Imprimeurs & autres, d'imprimer, faire imprimer, vendre, faire vendre, débiter, ny contrefaire ledit Livre en tout ny en partie, ny d'en faire aucuns extraits, sous quelque pretexte que ce soit, d'augmentation, correction, changement de titre, ou autrement, sans la permission expresse & par écrit dudit exposant ou de ceux qui auront droit de lui, à peine de confiscation des exemplaires contrefaits, de trois mille livres d'amende contre chacun des contrevenans, dont un tiers à Nous, un tiers à l'Hôtel-Dieu de Paris, l'autre tiers audit Exposant ; & de tous dépens, dommages & interêts. A la charge que ces Presentes seront enregistrées tout au long sur le Registre de la Communauté des Libraires & Imprimeurs de Paris, & ce dans trois mois de la date d'icelles ; que l'impression de ce Livre sera faite dans nôtre Royaume, & non ailleurs, en bon papier & en beaux caracteres, conformément aux Reglemens de la Librairie, & qu'avant que de l'exposer en vente, le manuscrit ou imprimé qui aura servi de Copie à l'impression dudit Livre, sera remis dans le même état où l'approbation y aura été donnée ès mains de nôtre très-cher & feal Chevalier Garde des Sceaux de France, le sieur Fleuriau d'Armenonville, & qu'il en sera ensuite remis deux exemplaires dans nôtre Biblioteque publique, un dans celle de nôtre Château du Louvre, & un dans celle de nôtre très-cher & feal Chevalier Garde des Sceaux de France, le sieur Fleuriau d'Armenonville : le tout à peine de nullité des présentes ; du contenu desquelles vous mandons & enjoignons de faire jouir l'Exposant ou ses aians cause, pleinement & paisiblement, sans souffrir qu'il leur soit fait aucun trouble ou empéchement. Voulons que la Copie desdites Presentes qui sera imprimée tout au long au commencement ou à la fin dudit Livre soit tenuë pour duement signifiée ; & qu'aux Copies collationnées par l'un de nos amez & feaux Conseillers & Secretaires, foi soit ajoûtée comme à l'Original. Commandons au premier nôtre Huissier ou Sergent de faire pour l'execution d'icelles, tous Actes requis & necessaires, sans demander autre Permission, & nonobstant clameur de Haro, Chartre Normande & Lettres à ce contraires : C A R tel est nôtre plaisir. D O N N E' à Paris le vingt-sixiéme jour du mois de Juin, l'an de grace mil sept cens vingt-deux : & de nôtre Regne le septiéme. Par le Roy en son Conseil. D u S. H I L L A I R E.

Regiftré fur le Regiftre V. de la Communauté des Libraires & Imprimeurs de Paris, page 133. No 153. conformement aux Re

glemens, & notamment à l'Arrêt du Conseil du 13. Août 1703. A Paris le 4. Juin 1722.
DE LAULNE, Syndic.

De l'Imprimerie de la veuve KNAPEN.

www.ingramcontent.com/pod-product-compliance
Lightning Source LLC
Chambersburg PA
CBHW050312030726
47505CB00003B/674